한 줄도 좋다, 옛 유행가

이 아픈 사랑의 클리셰 04

한 줄도 좋다, 옛 유행가

조현구

테오리아

일러두기

- 노래 · 영화 · 시 등은 〈 〉로, 장편소설 등은 《 》로 표기하였습니다.
- 인용 가사는 원칙적으로 현행 표기법에 따르되, 일부 발표 당시 원문으로 표기하였습니다.
- 이 책에 나오는 가요는 한국음악저작권협회(KOMCA)의 승인을 필하여 수록하였습니다. 저작권자와 연락이 닿지 않아 사전 허락을 구하지 못한 저작물도 일부 수록되어 있습니다. 발견하시면 출판사로 연락해주시기 바랍니다.

작가의 말

가끔 고단한 술자리가 있다. 노래로 이어지는 술자리다. 안 나오면 쳐들어온단다. 그 공격을 받아낼 자신이 없어 평소 즐겨 듣는 노래를 불러본다. 이를테면 이런 노래들이다. 들국화의 〈축복합니다〉, 혹은 장필순의 〈나의 외로움이 널 부를 때〉. 여기저기서 비난이 쏟아진다. 분위기 살리는 노래를 부르란다. 쑥스러움을 많이 타는 탓에 그런 자리에서 노래 부르는 것도 괴롭지만, 외로움을 많이 타는 탓에 그런 자리에 못 끼이는 것도 두렵다. 그래서 남몰래 뒤져본다. 분위기 살리는, 소위 '뽕짝'이라 불리는 옛 유행가 목록을 뒤져본다.

그런데 그 목록 중에서 해방 전 노래를 들춰보니 놀랄 일이다. '뽕짝'부터 '재즈'풍, '왈츠'풍에 이르기까지 지금 들어도 전혀 촌스럽지 않은 수준 높은 곡이 한둘이 아니다. 가사 또한 웅숭깊다. 그도 그럴 것이 당시 작사가 가운데 많은 이들이 시인, 극작가를 겸할 정도로 문학적 기재가 출중했다. 곡절도 많다. 많은 이들이 해방 전 친일가요를 작사했고, 또 많은 이들이 해방 후 월북했다.

하지만 불온한 혐의가 있는 몇몇 노래를 차치하면, 그 시절 유행가에 담긴 가사는 여전히 유효하다. 그 시절 유행가가 사랑했던 '곳'과 '뜻'은 여전히 공감과 감동을 자아낸다. 어떤 가사는 희미한 옛 추억을 풀리게 하며, 어떤 가사는 또렷한 새 추억을 동여매게 한다. 하여, 여기 옛 유행가 스무 곡의 한 줄 가사를 통해 그 공감과 감동의 유효함을 전달하고자 한다.

"게리 쿠퍼한테 반했다니 억울합니다."

그 시절 노래를 직접 찾아 이렇게 따라 불러보면, 그 한 줄의 의미가 더욱 깊어질 것이다.

조현구

차례

2부 유행가가 사랑한 그 뜻

1부 유행가가 사랑한 그곳

✷

내뿜는 담배 연기 끝에
희미한 옛 추억이 풀린다

〈**다방의 푸른 꿈**〉

다방

다방, 첫 만남이 있고 마지막 만남이 있는 곳. 그래서 기억하고 싶은 설렘과 기억하기 싫은 서글픔이 공존하는 곳. 그러나 그 서글픔이 너무 커 결국은 그곳에서의 모든 시간들을 봉인해야만 하는 곳.

꽁꽁 여며둔다. 눅눅함이 느껴졌던 담배 구멍이 난 헝겊 소파, 곰팡내와 묘하게 섞인 커피 향, 반복해서 흘러나왔던 라벨과 포레와 드뷔시와 사티의 선율. 그 촉각과 후각과 청각을 빈틈없이 여며 기억 저편 깊숙한 곳에 묻어둔다.

그런데 여전히 가슴 아리다. 그곳에서의 감각들이 자꾸 기억이 날 것 같아 깊숙한 곳에 묻어둔 것인데, 그 묻어둔 사실이 자꾸 기억이 난다. 괜히 안절부절못하며 봉인된 지나온 시간들을 기웃거려본다. 그리다 봉인 막을 헤집고 나오려 꿈틀대는 시간들을 보고는 화들짝 놀라 다시 기억의 문을 재빨리 닫아버린다.

다방의 종족은 기다림의 종족이다. 기다림의 두근거림. 짐짓 책을 보며 태연한 척하지만 모든 촉수는 문 쪽으로 향해 있다. 풍경 소리와 함께 문이 열리면, 두근거림은 진동을 넘어 파동 수준으로 요동친다. 그리고 마침내, 내가 사랑한 그 젊은 날의 모든 것. 두근거림의 파장이 클수록 기다림의 끝에 만나는 희열의 파장도 커진다.

하지만 막연한 기다림도 있다. 약속 없는 기다림. 그렇다 해도 상관없다. 이곳에서의 모든 시간들은 저 깊숙한 곳에 봉인해 두었으니까. 그저 희미한 옛사랑의 그림자일 뿐이니까. 그 연인, 그 이념, 그 시절. 그렇다 해도 조금은 상관있나 보다. 풍경 소리가 날 때마다 본능적으로 문 쪽을 향해 눈길이 가는 건 어쩔 수 없다. 무심히 담뱃갑으로 손이 간다.

담배를 피워본 사람들은 누구나 공감하는 것이겠지만, 설탕을 두 스푼 정도 넣은 다방 커피와 함께 피우는 담배 한 모금의 맛은 가히 일품이다. 그리고 내뿜는 푸른 연기. 웨인 왕 감독의 영화 〈스모크〉에서 13년 동안 매일 아침 같은 장면만을 찍는 사진작가가 묻는다.

"담배 한 개비 연기의 무게는 얼마나 나갈까요?"

그가 자신의 물음에 스스로 답한다. 불을 붙이기 전 온전한 담배 한 개비의 무게를 잽니다. 그리고 담배를 다 피운 후 그 한 개비의 꽁초와 재를 모아 다시 무게를 잽니다. 그 무게의 차이가 곧 연기의 무게이지요.

다방의 기다림의 종족이 다시 묻는다.

"그렇다면 그 연기에 실린 추억의 무게는 얼마나 나갈까요?"

그 물음에 이난영이 이렇게 노래하며 해답의 실마리를 준다.

내뿜는 담배 연기 끝에 희미한 옛 추억이 풀린다

조용한 다방에서 뮤직을 들으며

가만히 부른다

흘러간 옛님을 부르누나 부르누나

사라진 꿈을 찾을 길 없어

연기를 따라 헤매는 마음

사랑은 가고 추억은 남아 블루스에 나는 운다

내뿜는 담배 연기 끝에 희미한 옛 추억이 풀린다

조금은 단 커피 맛에 도취돼 아무 생각 없이 내뿜은 담배 연기. 결정적인 무장해제는 꼭 예상치 않은 곳에서 찾아온다. 절묘하게 때맞춰 흘러나오는 〈죽은 왕녀를 위한 파반〉, 이 다방에서 죽도록 들었던 이 곡의 선율과 함께 공중으로 일제히 솟구친 푸른 연무가 꽁꽁 여며둔 다방의 추억을 소환해낸다. 죽어있던 그 시절의 모든 것을 살려낸다.

추억의 무게를 감당 못 하고 공중에서 흐느적거리는 연기. 그러자 추억을 봉인해두었던 주머니의 끈들이 하나둘씩 툭툭 끊겨버린다. 그래, 담배 연기에 실린 추억의 무게는 가볍지 않다. 수없이 꽁꽁 여며둔 봉인의 시간을 해체할 정도의 헤아릴 수 없는 무게이다. 그리고 잠시 후 그 속에 억눌려 있던 지난 시간들이 주체 못 하고 몸부림치며 사정없이 쏟아져 나온다.

담배 연기와 함께 다방을 궁전 삼아 희미한 추억들이 이리저리 배회하며 춤을 춘다. 내뿜는 담배 연기 끝에 풀려버린 옛 추억은 더 이상 희미하지 않다. 또렷하고 선명하다. 음악도 더욱 짙어지며 담배 연기도 더욱 짙어진다. 추억도 더욱 짙어지며 그리움도 더욱 짙어진다. 그래서 옛 임을 가만히 불러본다. 그 연인을, 그 이념을, 그 시절을. 하지만 사라진 꿈을 찾을 길 없고 연기를 따라 마음만 헤맬 뿐이다. 슬픔만 더욱 짙어질 뿐이다.

다행스러운 것은 담배에도 생명이 있다는 것이다. 음악에도 생명이 있다는 것이다. 생명이 다해감에 따라 잦아듦이 있다는 것이다. 죽은 왕녀가 악기와 선율을 천천히 거둬들이고 어둠 속으로 돌아가자 담배 연기도 제 역할을 다했다는 양 허공 속으로 가뭇가뭇 사라져 버린다. 이와 함께 미친 듯 몸부림쳤던 추억도 가빴던 숨을 고르며 이성에게 자리를 물려준다.

그리고 침묵. 다방 이곳저곳에 너덜너덜하게 남겨진 추억의 잔해들만 뒹굴고 있다. 할 수 있는 건, 내뿜는 담배 연기 끝에 풀려버렸던 그 추억의 잔해들을 힘겹게 주워 다시 기억의 저편 속으로 꽁꽁 봉인해두는 일뿐이다. 문 쪽에서 희미한 풍경 소리가 난다. 그 기별에 슬쩍 바라보지만, 아무 흔적도 없다. 늘 그러하듯 오지 않을 옛 임을 이제는 진짜로 기다리지 않겠다고 새삼 다짐해본다.

어떤 시인의 말대로 언젠가 너를 사랑한 적이 있었다고 담담하게 말할 수 있는 날이, 언젠가는 올 수 있겠지? 스스로 이렇게 달래보는 것으로 '다방의 파반'은 애잔하게 끝을 맺는다.

〈다방의 푸른 꿈〉

조명암 작사, 김해송 작곡, 이난영 노래

가사도 곡조도 노래도 어디 하나 흠잡을 데 없는 명곡 중의 명곡이다.

작사가 조명암(본명 조영출)은 1934년 동아일보 신춘문예 '신시新詩' 부문에 〈동방의 태양을 쏘라〉로 당선됐으며, '유행가' 부문에 〈서울노래〉가 가작으로 뽑혔다. 이후 문단과 대중가요계를 오가며 희곡작가로 시인으로 그리고 작사가로 왕성하고 수준 높은 활동을 펼쳤다. 그중에서도 백미인 〈다방의 푸른 꿈〉. 그 가사를 김해송이 완벽한 블루스곡으로 승화해냈고, 〈목포의 눈물〉 이난영이 특유의 중저음으로 애달프게 노래했다.

이 노래의 작곡가 김해송과 가수 이난영은 부부 사이였다. 김해송은 6·25전쟁 때 납북되었다.

✷

밤도 깊은 이 거리에
희미한 가로등이여
사랑에 병들은 내 마음속을
너마저 울려 주느냐

〈외로운 가로등〉

이 아픈 사랑의 클리셰

거리

지구가 해에서 기울어져 어둑해지니 괜히 마음까지 기울어지는 하루의 무렵이다. 그 풍경을 바라보고 있자면 괜히 궁금해지는 것이 있다. 수많은 사랑 가운데 가장 슬프다고 하는 사랑은 어떤 것일까? 이러한 궁금증에 예나 지금이나 유행가들은 가장 슬픈 사랑은 '이것'이라고 앞다퉈 대답한다.

김광석은 〈외사랑〉이라는 곡에서 가장 슬픈 사랑을 '혼자 하는 사랑'이라고 노래한다. '외사랑'은 '짝사랑'과 엄연히 다르다. '짝사랑'은 상대 몰래 혼자 하는 사랑이지만, '외사랑'은 상대가 이미 알고 있는 상황에서 혼자 하는 사랑이다. 그런데 이 간절한 마음을 야속하게도 받아주지 않는다. 사랑의 노래를 불러보고 싶지만 마음 하나로는 안 된다는, 눈을 감고 싶지만 눈물이 흘러내릴까 봐 못 감겠다는 김광석의 낙담어린 고백이 너무나 애절하여 가슴이 구겨진다.

하지만 이선희는 〈알고 싶어요〉라는 곡에서 '혼자 하는 사랑'은 '알고 싶은 사랑'에 깜도 안 된다고 강변한다. 하긴 사랑의 불균형만큼 괴로운 일이 어디 있겠는가. 《넌 가끔가다 내 생각을 하지 난 가끔가다 딴생각을 해》. 너무나 잘 알려진 원태연 시인의 시집 제목처럼 이런 불균형은 분하기 이루 말할 데 없다. 그래서 이선희도 끊임없이 확인하나 보다. 때로는 일기장에 내 얘기도 쓰냐면서, 바쁠 때 전화해도 내 목소리 반갑냐면서 분하기 싫어 사랑의 균형을 맞추려 무진 애를 쓴다.

그러나 이 노래의 화자들은 그나마 행복한 거다. 사랑하는 상대의 그림자라도 좇을 수 있으니 말이다. 정작 헤어지면 아무것도 없다. 무다. 바람이다. 허공이다. 아무것도 없는데, 아무것도 아닌데… 그런데 포기할 수가 없다. 슬픔의 크기로 따지자면 '혼자 하는 사랑', '알고 싶은 사랑'은 이 사랑의 발치도 못 쫓아온다.

이 사랑은 바로, '잊지 못하는 사랑'이다.

오늘 하루 당신의 마음에 가장 오래 머문 일은 무엇인가? 여전히 그 사람이 남기고 간 날들이었나? 그렇다면 오늘 밤도 주의해야 한다. 그 흔적이란 어둠을 좋아해서 밤만 되면 스멀스멀 당신의 기억 속으로 틈입해오는 까닭이다. 그런데 주의해봤자 소용없다. 어김없이 밤이 침략자같이 달려든다. 후드득후드득 소리 내어 우는 비까지 데리고서. 어쩌면 비에도 감정이 있는지 모른다. 그러니 저렇게 서글피 우는 거겠지. 당신의 마음처럼.

이런 서러운 밤이면 가슴속은 구겨짐을 넘어 찢어지고 만다. 그래도 참아야 하는 것을, 참아야 하는 것을. 끝내 당신의 걸음은 그곳으로 향하고 만다. 그곳에 가까워질수록 당신의 깊숙한 내면의 암실에서는 그 사람과의 날들이 점점 또렷하게 인화되어 형상을 잡아간다.

이미 빛바랜 사진인 것을, 돌아올 수 없는 시간인 것을. 무슨 미련이 남아서 또 그곳이란 말인가.

비 오는 거리에서 외로운 거리에서
울리고 떠나간 그 옛날을
내 어이 잊지 못하나
밤도 깊은 이 거리에 희미한 가로등이여
사랑에 병들은 내 마음속을
너마저 울려 주느냐

누군가 그랬다. 사랑을 잊는 가장 좋은 방법은 또 다른 사랑을 찾는 것이라고. 그러나 사람 나름이다. 끝까지 '잊지 못하는 사랑', 허다하다. 헤어졌다면 쿨하게 돌아서면 될 터인데 뜻대로 안 된다. 자꾸 돌아보게 된다.

가로등 불빛 속으로 내리는 빗줄기를 바라본 적 있는가? 그칠 줄 모르고 어둠과 빛의 경계로 넘나드는 빗줄기. 그 빗줄기 뒤로 꼭 누가 있는 것 같다. 그 사람일까? 그 사람도 혹시 이 거리를 잊지 못하는 걸까? 사람은 이렇게 뭔가 기대감이 있을 때 아주 작은 기척에도 가슴 두근거리곤 한다. 그런데 주위를 돌아보면 아무것도 없다. 비를 맞고 휘청거리다 바닥에 떨어진 낙엽만 뒹굴고 있을 뿐이다. 가로등 불빛을 조명 삼아 비가 바람에 사선을 그리며 낙하하고 있을 뿐이다.

울리고 떠나간 그 사람, 저주를 퍼부어도 모자랄 판인데 내 어이 잊지 못하는 건가. 결국 밤도 깊어지고 비도 깊어지는 이 거리를 서성이다 발길을 돌리고 만다. 실연의 클리셰! 하지만 당사자에겐 빤한 스토리가 아니다. 세상 하나밖에 없는 기가 막힌 새드 러브 스토리이다. 세상은 손가락질할지 몰라도 저 외로운 가로등만은 증명해줄 것이다. 이 거리의 사랑은 정말 아름다웠고, 정말 애달팠다고.

빗줄기에 수증기가 끼어 희미해진 가로등, 사랑에

병들은 당신 마음속을 울려준 저 가로등. 이 아픈 사랑도 희미해진 저 가로등처럼 언젠가 희미해질 수 있을까?

"나는 슬플 때마다 달리기를 한다. 그러면 몸에 있는 수분이 다 빠져나와서 눈물이 나오지 않으니까."

영화 〈중경삼림〉에서 금성무가 가르쳐 준 실연을 이기는 방법. 그 방법을 따라 이 도시를 가로질러 달려본다. 그런데 여전히 뺨 위로 무언가가 흘러내린다. 빗물인지 눈물인지 알 수 없는 그 무엇이.

〈외로운 가로등〉

이부풍 작사, 전수린 작곡, 황금심 노래

1990년대 초반 동아일보에 연재됐던 "그 노래 그 사연"에 따르면, 〈외로운 가로등〉은 작사가 이부풍(본명 박노홍)이 종로 명월관 앞에서 우산을 받쳐 든 채 하염없이 누군가를 기다리던 한 여인의 사연을 듣고 작사한 곡이라고 한다.

와세다 법대를 졸업하고 검사가 된 남자로부터 버림받은 한 여인, 그러나 배 속에 있는 아이에게 아비를 찾아주고 싶은 마음에 남자를 며칠이고 기다리던 여인. 그 여인의 사연이 담긴 노래가 바로 〈외로운 가로등〉인 것이다.

이 노래는 황금심 외에 여러 가수들이 다시 불렀다. 그 가운데서도 기타와 트럼펫 소리가 짙은 음색과 함께 어우러진 한영애 버전은 원곡에 버금가는 감동을 전해준다. 한영애의 〈외로운 가로등〉은 봉준호 감독이 뮤직비디오를 직접 연출해 화제가 되기도 했다.

✷

님 오길 기다리는 이태리 정원
어서 와주세요

〈이태리의 정원〉

누구일까? 그 주인은…

정원

정원은 있는 그대로가 아니다. 꾸밈이다. 어떤 장소를 소유한 자가 매일같이 아름다움을 감상하고 싶어 미적 기능을 갖춘 곳으로 바꿔놓은 인위적 공간이다. 그 때문에 정원은 여유로운 자의 몫이다. 꾸밀 시간이 없고, 아름다움을 감상할 시간이 없는 여유롭지 못한 자의 몫이 될 수 없다.

하여, 정원은 동경의 대상이다. 유럽의 성城을 자기네의 브랜드로 빗댄 한 아파트 광고에서 누군가가 정원을 엿보며 이렇게 묻는다.

"누구일까? 저 성의 주인은…."

진짜 궁금하고, 진짜 부러운 것 같다. 여기서 끝나지 않고 '당신이 사는 곳이 당신을 말해준다'며 추임새까지 넣는다. 하기는 진심으로 궁금하기도 하다. 스스로 몸을 움직였을 것 같지는 않고, 자신의 미적 취향을 위해 수많은 노동력을 동원해 저 넓은 정원을 저렇게까지 꾸며낸 성의 주인은 과연 누구일까?

1930년대 야만의 식민지 시대를 힘겹게 버텨내야 했던 이 땅의 사람들에게도 정원은 동경의 대상이었을 것이다. 특히 지중해의 푸른 낭만으로 가득할 것 같은 이태리 정원은 더더욱 그랬을 것이다. 잡지에서 흘낏 봤을 그 낯선 이국적 아름다움은 자신들이 겪고 있던 뼈저린 야만성과 너무도 달랐을 것이다.

그런데 언젠가부터 이태리 정원에 대해 떠올려지는 이미지는 이러한 느낌과 조금 어긋나 있기도 하다. 바로 이 영화 때문이다. 이태리 이민자의 가족으로 거대 범죄조직의 핵심이 된 콜레오네 가문의 이야기를 그린 프랜시스 포드 코폴라 감독의 〈대부〉 시리즈.

이 대하드라마의 정점에 있는 주인공은 마이클이다. 모두가 주목했고, 일부가 질투했고, 그래서 일부 중의 또 일부가 수없이 암살하려했던 그의 생애. 그의 주변엔 좋든 싫든 늘 사람들로 붐볐다. 하지만 이 세상에서 저 세상으로 넘어가는 경계에서 그의 옆을 지키는 건 작은 강아지 한 마리가 전부였다. 이태리 정원의 낡은 의자에 앉아 지나온 시간을 아프게 돌아보던 그는, 한순간 고꾸라지며 자신도 그 시간에 파묻히고 만다.

이러한 인상이 너무 강하기 때문인지 이태리 정원 하면 괜히 음산하고 쓸쓸하다. 음모와 배신과 보복과 가족해체, 뭐 이런 검은 이미지로 채워진다. 하지만 조선 최고의 무용수 최승희가 떠올리는 이태리 정원 이미지는 이와 정반대였던 듯싶다.

저녁 종소리 들려오면

세레나데 부르면서

사랑을 속삭이며

님 오길 기다리는 이태리 정원

어서 와주세요

〈대부〉로 이태리 정원을 떠올리는 자들은, 이 정원에서 〈카발레리아 루스티카나〉의 간주곡을 떠올릴 것이다. 마이클이 세상을 등질 때, 그리고 마이클의 딸이 오페라 극장 계단에서 암살당할 때 애절하게 흘렀던 그 선율, 마치 죽음의 사자를 부르는 듯한 그 선율을.

하지만 은은한 저녁 종소리로 이태리 정원을 떠올리는 자들은, 이 정원에서 슈베르트의 세레나데쯤을 떠올리게 되나 보다. 밤이 붉디붉은 노을이 사라지길 기다리며 정원 초입에서 서성일 무렵, 그녀도 창가에서 서성인다. 오늘은 그 임이 이태리 정원 달빛 아래서 세레나데를 불러줄까? 사랑을 고백해줄까? 그녀는 속으로 속삭인다.

"어서 와주세요."

1936년 이 노래를 부른 최승희. 그녀가 간절히 기다렸던 그 임은 누구였을까? 아무런 간섭과 아무런 제약 없이, 그저 춤만 출 수 있게 해줄 현실이 아니었을지 막연히 상상해 본다. 주위로부터 열렬한 지원을 받았다고는 하나, 여전히 남아있던 봉건적 잔재와 식민지 시대의 강압은 그녀의 예술혼을 초조하게 만들었을 테니 말이다. 그녀에게 세레나데로 가득할 것 같은 이태리 정원은 유토피아와 다름없었을 것이다.

실제로 그녀는 이 노래를 취입한 이후 유럽과 미국의 무대로까지 진출하여 대단한 명성을 떨쳤다고 한다. 그런데 궁금한 게 있다. 최승희는 유럽의 무대에서 활동하며 꿈에 그리던 이태리 정원을 정말로 만났을지, 만났다면 어떤 감정을 품게 되었을지. 그 정원엔 더 이상 세레나데만 흐르지 않았을 텐데. 일제가 이 땅을 유린했듯이 그 당시 이태리 파시즘은 북아프리카를 유린하고 있었을 텐데. 히틀러와 손을 잡고 유대인을 억압하기 시작했을 텐데. 이처럼 그 정원엔 광기의 시간도 함께 흘렀을 텐데.

멀리서 보면 동경의 대상이나 가까이서 보면 혐오

의 대상이 될 수도 있다. 이태리 정원으로 대변되는, 1930년대 유럽의 풍경이 그러하다. 식민지 시대 이 땅의 사람들에겐 잡지 속 여유로운 유럽의 풍경이 너무도 부러운 세계일 테지만, 그 이면엔 인간이 얼마나 무서운지를 증명해주는 야만도 도사리고 있다.

그래도 좋은 것은 좋은 것이다. 어떤 상관관계로 그 본질이 부정될 수는 없다. 히틀러가 바그너를 흠모했다고 해서 바그너의 장엄함이 부정될 수 없는 것처럼 말이다. 세상에서 제일 좋은 태양과 마주하는 곳이라는 토스카나 혹은 시칠리아. 아무런 선입견 없이 그 태양으로 꾸며진 이태리 정원을 엿본다면, 이런 동경어린 의문문이 저절로 나오게 될 것 같다.

"누구일까? 저 정원의 주인은…."

〈이태리의 정원〉

이하윤 작사, 어윈R. Erwin 작곡, 최승희 노래

조선 최고의 무용가 최승희가 1936년 처음으로 부른 번안 대중가요이다.

최승희는 이 무렵 〈향수의 무희〉 레코드 취입, 〈반도의 무희〉 영화 출연, 자서전 출간, 광고모델 등 무용을 뛰어넘어 다양한 장르의 만능 엔터테이너로 활약했다. 이듬해 해외공연을 떠난 그녀는 미국, 유럽, 남미의 관객을 사로잡으며 '동양의 무희'로 그 명성을 떨쳤다. 가사는 이하윤이 썼는데, 그 역시 작사가를 필두로 시인, 기자, 번역가, 교수 등으로 다양한 재능을 뽐냈다.

〈이태리의 정원〉은 이준익 감독의 영화 〈박열〉의 OST로 더욱 유명해졌다.

✷

아 거리는 부른다
룸바의 도성이다

〈룸바의 도성〉

서울에 딴스홀을 허하라!

무도장

도성都城에 근대적 의미를 덧씌우면 도시가 된다. 그 도시엔 좋게 말하면 기회가 있고, 있는 그대로 말하면 운이 있다. 그 운은 봉건 질서를 흩뜨려 놓는다. 새로운 자본주의 질서를 형성한다.

운칠기삼運七技三. 자유로운 경쟁이 있다고 하지만, 자본주의 아래서 물질적 성공을 만드는 것은 운이 '칠'이고 능력이 '삼'이다. 부모를 잘 만나거나 옛날에 살던 곳이 갑자기 개발되거나 아니면 얼떨결에 투자를 잘하거나 하는 부류들, 이와 같이 '운칠'을 가진 자들이 능력 있는 자들로 환원된다. 재수가 능력으로 치부 받다니! 이 얼마나 황홀한 일인가. 그 때문에 일확천금을 향한 골드러시의 행렬이 끝없이 이어진다. 도시로 도시로 사람들이 몰려든다.

한순간에 신분이 높아지고 경제력이 높아지는 새로운 시대, 이 시대가 시현하는 커다란 매력을 놓치지 않기 위해 도시의 새로운 강자가 된 신흥 '젠트리'는 이제까지 금지됐던 것을 금지하려 몸부림친다. 도성의 시대에서 허락하지 않았던 낡은 관습들을 전복시키려 무진 애를 쓴다.

그런데 그들이 해체하려 했던 것은 기존의 신분적, 경제적 관계만이 아니다. 유교적 엄숙주의가 지배했던 기존의 밤 문화도 해체하려 한다.

아 거리는 부른다 도성의 밤이다
샴펜을 마시는 룸바의 저 거리
띠리리리 사랑이 피어난다
오른발 오른발 춤을 추러 가자 저 거리로

가자 저 거리로 다 같이 가잖다 헤이

어서 어서 가자 가자 어서 가자 어서 가자

아 거리는 부른다 룸바의 도성이다

룸바는 아프리카 특유의 원시적 리듬에 라틴 아메리카의 복잡하고도 강력한 리듬을 더해 완성된 쿠바의 무곡舞曲이라고 한다. 라틴 아메리카로 팔려온 흑인노예들이 노동의 고단함을, 고향을 향한 그리움을 잊기 위해 만들어낸 춤인 셈이다. 하지만 이들을 낯선 땅으로 끌고 와 온갖 학대를 일삼은 당사자인 북아메리카와 유럽의 사람들은 1930년대부터 이 춤을 자신들의 유희를 위한 사교춤으로 만들어냈다고 하니, 그 뻔뻔한 창의성에 혀를 내두를 일이다.

어찌 됐든 이 사교춤은 지구 반대편 식민지 이 땅에도 이식되며, 욕망의 촉수를 건드린다. 4분의 2박자 리듬에 맞춰 남녀가 손을 잡은 채 마주 보고서 하체부터 상체까지 끊임없이 흔들어야 하는 이 춤은 그야말로 묘한 사교의 세계로 이끈다. 음악도 끈적끈적하고 스텝도 끈적끈적하다.

모던 보이와 모던 걸 들은 도시보다 도성이라 부르는 것이 여전히 익숙한 이곳에 밤이 오기를 애타게 기다린다. 샴페인을 마실 수 있고 룸바를 출 수 있는 밤을 기다린다. 저 룸바의 밤거리, 오늘은 반드시 파트너를 구할 것이다. 그 파트너와 사교춤을 함께 추며 사랑을 피워낼 것이다. 띠리리리 띠리리리!

몸집은 근대적으로 변해가더라도 정신은 전근대적으로 남겨두어 윗사람에 대한 공경과 복종이란 봉건적 잔재를 이 땅을 억압하는 도구로 삼고자 했던 조선총독부로서는, 이와 같은 끈적끈적한 춤의 세계가 마뜩하지 않았나 보다. 남녀가 자유롭게 몸을 맞대며 사교를 나누는 이 춤의 리듬을 타고 시민사회의 자유사상까지 흘러들어오지 않을까 노심초사했나 보다. 그래서 총독부는 미풍양속 저해란 명목하에 룸바를 출 수 있는 공간을 불허한다.

하지만 가만있을 그들이 아니다. 다시 도성의 시대로 돌아가는 것을 잠자코 지켜볼 그들이 아니다. 그

암울한 시대의 해방구였던 공간을 포기할 수 없다. 하여, 모던 보이와 모던 걸, 그리고 기생 들은 힘을 모아 이렇게 성명서를 발표한다.

"서울에 딴스홀을 허하라!"

그러나 그 뜻이 관철된 것은 한참 후의 일이다. 4, 50년대를 지나 개발독재시대에 들어서도 사교춤의 공간은 허락받지 못한 공간이었다. 남녀가 춤을 통해 사교를 나눈다는 것이 인륜적으로 그렇게 비난받을 일도 아닐 터인데, 뭘 그리 사적인 것까지 간섭하는 것인지.

그런데 이제는 룸바를 마음껏 출 수 있는 세상이 왔다. TV 예능 프로그램에서도 사교춤이 버젓이 나올 정도로 양지의 영역으로 리듬을 타고 나온 것이다. 그리고 그 엄혹했던 시절에 무서운 감시의 눈을 피해 룸바를 땡겼던 아저씨들과 아줌마들은 이제는 콜라텍이라는 합법적 공간에서 할아버지와 할머니가 되어 룸바를 땡기고 있다.

비로소 허한 서울의 딴스홀. 지금 이 순간에도 그

곳에서는 이런 황혼의 프러포즈가 이뤄지고 있을 것이다.

"우리, 사고 한번 나눌까요?"

〈룸바의 도성〉

이성림 작사, 손목인 작곡, 김정구 노래

1940년 말에 발표된 재즈풍의 곡이다.

당시 태평양 전쟁을 앞둔 일본 제국주의는 신생활 운동이란 명목 아래 동경에 '딴스홀'과 '째즈 음악'을 금지시켰다. 그 여파가 경성까지 이어졌음은 물론이다. 그 와중에 이러한 노래가 어떻게 발표됐는지 의아하다.

노래는 〈눈물 젖은 두만강〉으로 온 국민의 사랑을 받은 가수 김정구가 불렀다. 작곡가 손목인은 〈목포의 눈물〉, 〈타향살이〉 등으로 유명하다.

✷

세상의 팔자 운명 하늘이 정했다
별보고 점을 치는 페르샤 점쟁이

〈페르샤 점쟁이〉

모르는 게 약이다

점집

오늘도 꽉 막혀있다. 앞날을 알고 싶다. 1년 후 어떻게 될지, 10년 후 어떻게 될지 알고 싶다. 그 예견의 능력을 갖고 있다면 꽉 막힌 오늘이 조금은 유연해질 수 있을 텐데. 적당히 노력하고 적당히 타협하고 적당히 포기하면서 이미 정해져 있는 다가올 날들을 여유롭게 기다릴 텐데.

하지만 앞날을 알 수 없으니 적당할 수 없다. 그리 큰 기대는 안 하지만, 오늘보단 조금 더 낫겠지 하는 가련한 바람을 품으며 법칙이 정해져 있지 않은 아득한 미래를 향해 더듬더듬 발걸음을 내디딘다.

단 며칠만이라도 앞날을 미리 알 수 있다면 얼마나 좋을까? 아니 단 하루만이라도, 아니 단 몇 시간이라도 좋다. 그러면 어떤 종목이 상한가를 칠지 미리 알고 주식에 투자를 할 수 있을 텐데. 어떤 번호가 당첨이 될지 미리 알고 로또를 살 수 있을 텐데. 어떤 말이 1등으로 들어올지 미리 알고 경마에 베팅할 수 있을 텐데. 그 몇 시간 번 돈으로 평생을 지지고 볶으며 살아갈 수 있을 텐데.

이런 축축한 탐욕은 결코 현실이 될 수 없음을 빤히 알면서도 눈을 지그시 감고 몇 번이고 상상을 해본다. 하지만 추상적인 무늬만 가물거린다. 상상이 시들해질 즈음 질서 없이 떠돌던 무늬들은 다시 형상을 잡아간다. 막막한 어둠이라는 현실의 형상을.

판단과 결정은 가장 무시무시한 권력이다. 그리스 신들이 인간적이라 하지만 결코 인간적이지 않다. 그들은 자신들이 한번 마음먹은 의지를 그대로 행할 수 있는 능력이 있기 때문이다. 인간의 가장 치명적인 약

점은 꿈과 현실이 다르다는 것인데, 신계神界에서는 꿈과 현실이 일치된다. 따라서 앞날을 늘 불안해하는 초라한 인간은 판단과 결정을 내릴 수 있는 신의 의지에 의탁해야 할 뿐이다. 신탁神託해야 할 뿐이다.

그런데 인간계에서도 판단과 결정을 내릴 수 있는 자들이 있다.

"피고를 징역 ○년에 처합니다."

"환자는 ○개월 정도 남으셨습니다."

아무리 억울하더라도 아무리 어이없더라도 그 판단과 결정을 거스를 수 없다. 그것이 인간사회가 합의하여 그들에게 부여한 규칙이다. 하여, 죽어라 판사가 되려 하고 죽어라 의사가 되려 하나 보다. 판단과 결정의 권력을 가지려 하나 보다.

하지만 판단과 결정을 내릴 수 있는 자들이 이들 말고도 인간계에 또 있다. 바로 신을 대리한 점쟁이들이다. 그들은 으레 말을 놓는다. 그래야 자신이 신과 동격화된 존재라고 상징할 수 있기 때문이다. 말 놓는 게 은근히 기분 나빠도 어쩔 수 없다. 앞날을 알 수 없어 스스로 찾은 길이니 그 정도의 무례함은 감내해야 한다.

점쟁이들은 이러한 인간의 심리를 교묘히 파고든다. 점괘가 좋지 않은 자에게는, 오늘은 그저 그렇지만 노력하면 내일은 괜찮아질 것이라 빤한 말을 한다. 반대로 점괘가 좋은 자에게는, 꽃길을 걷고 있지만 자만하면 한순간에 시들 것이라 빤한 말을 한다. 별 신빙성 없는 판단과 결정임에도 앞날을 알 수 없는 초라한 인간들은 그저 고개만 주억거린다. 신통하다고 침을 튀긴다.

세상의 팔자 운명 하늘이 정했다
별보고 점을 치는 페르샤 점쟁이
서쪽을 바라보고 울던 눈으로
동쪽의 별을 찾아 미소를 흘린다

페르시아 양탄자 위에 페르시아 복장이다. 벽에는 탱화가 그려져 있고, 심지어 예수와 열두 제자도 그려져 있다. 종교불명, 인종불명, 국적불명 점쟁이. 서쪽에는 눈물이 있지만 동쪽에는 웃음이 있다고 한다. 신통방통하다. 돌팔이고 '사짜'이면 또 어떤가. 페르시아 점쟁이로부터 알 수 없는 내일의 불안감에 대한 위로와 위안을 충분히 받은 것을.

딱 그 정도가 좋은 것 같다. 만약 인간이 내일에 대해 알게 된다면 오히려 어떤 판단과 결정을 내리기 참 힘들 것 같다. 가령 오늘 하루도 더듬더듬 발걸음을 내디디며 열심히 살고 있는데, 운명을 좌지우지하는 절대자가 갑자기 나타나 살아갈 날이 딱 하루밖에 남지 않았다고 한다면 남은 24시간 동안 무엇을 해야 할지 그 판단과 결정이 참 쓸쓸할 것 같다.

그 가정을 나에게 대입시켜보면, 내일 죽더라도 사과나무 한 그루를 심는 일은 절대로 안 할 것이다. 삶에 대해 그토록 긍정적으로 생각할 만큼 위인이 못 된다. 대신 이런 일은 마지막으로 할 것이다. 사람이 좀팽이 같아서 멀리 있는 사람한테는 모질게 못 했으면서 가까이 있는 사람한테는 모질게 한 일, 용서를 구할 것이다. 그런 사람이 너무 많아서 24시간 동안 가능할지는 모르겠지만 말이다.

그리고 또 하나. 내 삶을 멀리멀리 연장시키고 싶어 일방적으로 이별을 통보했던 30년 동안 사귀었던 벗, 담배라는 그 벗을 마지막으로 한 번 더 만나고 싶다. 깊이 담배 한 모금을 빨고 짙은 연기를 후하고 내뱉고 싶다. 호세 지오바니 감독의 영화 〈암흑가의 두 사람〉에서 알랭 드롱이 길로틴에서 처형당하기 전 마지막에 그랬던 것처럼, 멋있게!

여하튼 살다 보면 앞날을 알고 싶은 때도 있고, 그렇지 않은 때도 있다. 그런데 알면 또 뭐 하겠는가. 내일 또 어떤 낙담이 있을지 모르겠지만, 언젠간 결실도 있으리란 믿음으로 주어진 길을 그저 걸어가는 게 인생인 것을. 그래서 이런 말도 있는 것 아닐까?

"모르는 게 약이다!"

〈페르샤 점쟁이〉

남려성 작사, 한상기 작곡, 이해연 노래

1940년대에 들어서면서부터 인기를 모으다 1956년 〈단장의 미아리 고개〉를 불러 대 히트를 친 가수 이해연이 부른 노래이다. 이해연은 다른 가수들에 비해 데뷔가 늦었지만 서구적 미모와 높고 가녀린 음색으로 일약 스타덤에 올라섰다. 동생은 〈황혼의 엘레지〉로 유명한 백일희(본명 이해주)이며, 자녀들은 요즘도 응원가로 많이 불리는 노래 〈연안부두〉를 히트시킨 김트리오이다.

가사는 남려성이 썼다. 남려성은 유명 작사가 조명암의 또 다른 예명이다. 조명암은 이외에도 김운탄, 이가실, 김다인 등의 예명을 두루 사용했다.

✷

문패도 번지수도 없는 주막에
궂은비 나리는 이 밤도 애절쿠려

〈번지 없는 주막〉

혼술의 힘

술집

술에 대한 기호는 저마다 다양하다.

누구는 맛으로 마시고 누구는 분위기로 마시고 누구는 친목으로 마신다. 그러면서 그 기호에 따라 여러 가지 평가를 내놓는다. 와인은 어떤 것이 좋고 사케는 어떤 것이 좋으며 맥주는 어떤 것이 좋다 한다. 안주는 어디가 좋고 서비스는 어디가 좋으며 물은 어디가 좋다 한다. 음악은 어디가 좋고 인테리어는 어디가 좋으며 석양은 어디가 좋다 한다. 그리고 이런 정보를 많이 아는 것을 자신의 남다른 지위와 인맥을 과시하는 용도로 은근히 활용하기도 한다.

하지만 그저 술이 좋아서 술을 마시는 자들에게 이러한 평가는 딱 질색이다. 취하는 건 마찬가지인데, 알코올이 전해오는 그 알딸딸함이 좋은 것뿐인데 뭐 그리 술로 권위를 따지는지 언짢다.

이들에게 술과 술자리는 보편의 영역이 아닌 개별의 영역이다. 귀한 술, 귀한 사람과 함께 있었던 자리라는 것보다 어떤 위로, 어떤 용기를 받은 자리였는가가 더욱 중요하다. 마시는 술이 비록 와인이 아니라 '참이슬'이나 '장수 막걸리'라 해도, 같이 마시는 사람이 비록 포털 사이트에 이름 올린 자가 아니라 전화번호부에나 이름 올린 자라 해도 나의 고민, 나의 아픔을 들어줄 수 있는 술과 술자리가 더욱 소중하다.

그렇기 때문에 이런 자들의 술자리는 사람이 적을수록 좋다. 그래야 술자리 소통의 가치가 제대로 발휘될 수 있는 탓이다. 빤한 논쟁이라도 그 다툼을 통해 합의에 이를 수 있는 탓이다. 이런 자들의 술자리는 규모가 작을수록 좋다. 커다란 식당에서 커다란 식탁을 앞에 두고 커다랗게 모여앉아 있다가 중앙에 있는 자가 갑자기 일어나 커다랗게 잘해보자고 외치면 모두가 따라 일어나 커다랗게 잘해보자고 답하는 술자리는, 이들의 술자리가 아니다. 그것은 술자리의 의식이 아니라 집단화의 의식인 까닭이다. 합의의 의식이 아니라 내 생각은 이러하니 아무 말 말고 따라오라는 강요의 의식인 까닭이다.

다시 말해 이들의 술자리가 원하는 것은 격식의 맛이 아니라 대화의 맛인 것이다.

그런데 문패도 없고 번지수도 없는, 그러니까 존재감이 없는 술집으로 한 사람이 찾아온다. 외로운 곳으로 외로운 이가 찾아온다. 술자리가 작아도 너무 작다. 대화를 나눌 사람 하나 없는 곳으로 그가 찾아온다.

문패도 번지수도 없는 주막에
궂은비 나리는 이 밤도 애절쿠려
능수버들 태질하는 창살에 기대여
어느 날짜 오시겠소 울던 사람아

궂은비 내려 밤도 애절한 이 외로운 술집에 외로운 이를 상대할 자는 창살 밖에서 비바람에 태질하는 능수버들뿐이다. 외로운 이는 창살에 기대어 묵묵히 혼자 술을 따르고 혼자 술을 마신다. 무슨 사연인지는 모르겠지만 그 사연에 냉담해지고 싶어 이곳까지 찾았을 텐데, 저렇게 홀로의 자리라면 더 외로워지지 않을까? 더 고독해지지 않을까?

혼술. 많은 사람이 의아해한다. 혼자 무슨 맛으로 마시냐고 말이다. 혼자 무슨 생각을 하고 무슨 말을 하며 마시냐고 말이다. 그런데 이러한 편견은 혼술의 의미를 제대로 모르는 데서 기인한 것이다. 혼자의 술자리라고 다 혼술은 아니다. 중독의 상태에서 술을 저주하듯이 마시며 스스로를 파괴하는 것은 결코 혼술이 될 수 없다. 자의로 제어하지 못하는데 무슨 혼술이란 말인가. 오로지 삶을 버티기 위해 술에 의존하는 것은, 혼술이 아니라 그저 혼자 마시는 술일 따름이다.

진정한 혼술은 이런 것이다. 혼술족이 되려면 일단 혼자라는 것을 두려워 말아야 한다. 혼자서 쭈뼛대지 말고 식당에 들어갈 수 있어야 한다. 그렇다 해도 맛집으로 소문난 곳은 배제한다. 한 명이라도 더 많은 손님을 받고 싶어 하는 그곳에 혼술족이 비집고 들어갈 틈은 없다. 그래서 선택한다. 번지수도 희미한 백반집으로. 손님이 그다지 없으니 눈치 볼 일도 없다. 적당한 안주와 술을 주문한 후, 먼저 나온 밑반찬을 안주 삼아 반 잔 정도를 들이킨다. 그 목을 타고 넘어오는 쌉쌀함이 전해주는 첫 잔의 황홀함이란!

그리고 대화를 나눈다.

"요즘 괜찮아?"

누구랑 대화를 나누냐고? 이 자리에 나 말고 누가 또 있나? 그렇다, 대화의 상대는 바로 내 자신이다. 자문자답自問自答. 나의 고민, 나의 외로움을 하나 남김없이 다 털어놓는다. 스스로에게 위로를 구하며 스스로가 위로를 행한다.

"정신 차려, 너답지 않잖아!"

때로는 질책도 한다. 잔이 거듭될수록 질책의 정도가 강해지며 심하게 몰아붙인다. 하지만 그 질책이 전혀 싫지 않다. 내가 나한테 하는 질책이기 때문이다. 나를 향한 그 질책은 알코올을 만나 결국 나의 각오, 결의로 화학 작용하기 때문이다. 그래, 혼술의 참맛은 여기에 있다. 누구의 간섭도 없는 나와의 대화, 나와의 다짐!

백반집을 나오면 갑자기 대화상대가 많아진다. 궂은비 내리는 애절한 밤과 대화하며, 능수버들은 아니어도 거리의 플라타너스와 대화한다. 내리는 비에 투영되는 네온사인의 빛과도 대화한다. 그들에게 다짐한다. 잊을 건 빨리 잊겠다고, 좀팽이처럼 살지 않겠다고, 더 이상 비굴하지 않겠다고 다짐하고 또 다짐한다.

이것이 혼술의 힘이다. 이것이 위대한 알코올의 힘이다. 홀로이지만 가장 많은 대화와 다짐이 있는 술자리가 바로 혼술 자리이다. 그리고 나의 문패와 주소가 있는 곳으로 움츠렸던 어깨를 활짝 펴고 당당히 걸음을 내디딘다.

〈번지 없는 주막〉

처녀림 작사, 이재호 작곡, 백년설 노래

〈나그네 설움〉과 더불어 백년설의 대표작으로 꼽히는 노래이다.

작사는 처녀림, 박영호의 예명이다. 박영호가 1946년 월북하여 그의 노래 대부분은 금지곡이 되었으나, 이 노래는 예명인 '처녀림'으로 기록되어 금지곡의 굴레를 벗고 대중들에게 꾸준히 사랑받을 수 있었다. 혹자는 '문패도 번지수도 없는 주막'의 의미가 사라져버린 나라를 한탄한 것이라 하지만 확인할 수 없다. 이 노래의 작곡가 이재호는 〈나그네 설움〉, 〈귀국선〉, 〈단장의 미아리 고개〉 등 수많은 명곡을 남겼다.

배불뚝이 월급쟁이 굿모닝
안짱다리 마네킹 걸 굿모닝

〈청춘삘딩〉

그러니까 청춘이다

빌딩

'내부에 많은 임대 사무실이 있는 서양식의 고층 건물.'

빌딩을 규정하는 사전적 의미이다. 그러나 요즘의 빌딩은 이러한 본연의 기능에 드러냄의 기능을 더하고 있다. 기업은 큰 규모의 빌딩을 통해 사세를 드러내고 싶어 하며, 브랜드는 눈에 띄는 빌딩을 통해 개성을 드러내고 싶어 한다. 사람들 또한 웬만한 빌딩보다 더 웅장하고 권위적인 주상복합 빌딩을 통해 자신들의 성공을 드러내고 싶어 한다.

그런데 드러냄의 선정성이 너무 과한 탓인지 이러한 빌딩에는 물음 가는 것은 있어도 궁금한 것은 그다지 없다. 어떻게 그런 근사한 건물을 손에 쥐었느냐 정도의 물음이지, 그 외에 궁금한 것은 없다. 대기업 건물이야 대기업 사람들이 일하는 곳일 테고, 브랜드 건물이야 브랜드를 사러 오는 사람들로 붐비는 곳일 테고, 주상복합 건물이야 있는 사람들이 있는 척하며 있는 곳일 테니, 뭐 딱히 속까지 파보고 싶은 궁금증은 없는 것이다.

하지만 이와는 상반되게 겉으로 보기엔 고만고만하나 속살의 이야기가 궁금해지는 빌딩이 있다. 사전적 의미 그대로 내부에 이런저런 사무실들이 몰려있는 빌딩이 그러하다. 어떤 일을 하는 회사인지, 수익은 괜찮은지, 전망은 괜찮은지, 직원은 몇 명인지 궁금한 게 하나둘이 아니다. 그중에서도 가장 궁금한 것은 직원 중에 잘생긴 남자와 여자가 있는지, 그러면 결혼은 했는지 안 했는지 등등 청춘이라면 당연히 품게 되는 본능적 물음이다.

이런 궁금증을 풀어가는 첫 과정은 엘리베이터에서 시작한다. 가장 낮은 곳에서 가장 높은 곳까지 빌딩의 곳곳을 가려면 이 엘리베이터를 통해야만 하고, 따라서 이 공간에선 빌딩 사람들의 수많은 만남이 이뤄지기 때문이다.

배불뚝이 월급쟁이 굿모닝
안짱다리 마네킹 걸 굿모닝
굿모닝 굿모닝 굿모닝 굿모닝
다 같이 굿모닝
카나리아 조잘대는 새장 밑에서
헬로 헬로 헬로 헬로
여기는 우리들의 유토피아

엘리베이터 안에서의 만남은 특별하다. 사방이 트인 공간이 아닌, 밀폐된 공간에서의 만남인 탓이다. 흔히 45센티미터까지의 거리는 가족 또는 가까운 친구, 사랑하는 관계에 있어서만 접근이 허용되는 범위

라고 한다. 하지만 엘리베이터 공간에서는 45센티미터의 거리가 무너지는 경우가 허다하다. 45센티미터 범위 안에 있지만, 그저 타자일 뿐이다. 어색하며, 시선 둘 데가 없다.

하지만 그 타자가 평소 마음에 찍어둔 누군가라면 얘기가 달라진다. 한 빌딩에서 가끔씩 마주치는 배불뚝이 월급쟁이와 안짱다리 마네킹 걸. 한눈에 훅 가지는 않았어도 몇 번씩 만나니 괜히 관심이 생겨버린 그들이라면 경우가 달라진다. 어색하기는 하되 황홀한 어색함이며, 시선 둘 데 없되 두근거리는 시선 둘 데 없음이다. 여기에 더해 밀폐된 공간 안에 상대의 향기까지 전해오면 두근거림은 최대치로 증폭되고, 그 요동치는 마음이 들킬까 봐 숨도 제대로 못 쉬는 지경에 이르게 된다.

아침부터 이런 두근거림을 경험할 수 있는 청춘빌딩은 단지 일하는 곳이 아니다. 그 이상 젊은 즐거움으로 가득한 유토피아이다. 이 유토피아에서의 작업의 첫 순서, 상대가 일하는 사무실의 층수를 알아낸다. 두 번째 순서, 엘리베이터 앞에서 기다린다. 세 번째 순서, 상대의 사무실 층수에서 엘리베이터가 잠시 멈췄다가 내려오면 우연을 가장한 척 재빨리 문 열리는 엘리베이터 공간으로 침입한다. 네 번째 순서, 다 알 것이다. 45센티미터의 범위로 다가간다.

그런데 작업이 작업대로만 되면 작업이 아니다. 정석대로 우연을 가장해 엘리베이터 공간으로 침입했는데, 아뿔사! 마네킹 걸은 온데간데없고 각층을 대표하는 배불뚝이들만 가득할 뿐이다. 마음이 들킬까 봐 숨을 못 쉬는 게 아니라 배불뚝이들이 전부 다 훅훅 부담스런 숨을 내쉬니, 그 숨에 질려 숨을 못 쉬는 지경에 이르게 된다.

모든 것이 수포로 돌아가면, 마지막 작업 순서로 돌입해야 한다. 여기저기서 얻은 정보에 의하면 마네킹 걸은 월말에 꼭 야근을 한다고 한다. 나도 야근을 한다. 그리고 때를 맞춰 또 엘리베이터를 기다린다. 아, 마네킹 걸이 근무하는 사무실 층수에서 엘리베이터가 잠시 머문다. 틀림없이 그녀일 것이다.

엘리베이터라는 밀실의 공간은 사람이 많으면 많은 대로 귀찮지만 없으면 없는 대로 이상하다. 그녀가 있겠거니 하고 고개를 숙이고 들어간 늦은 밤 엘리베이터. 그런데 아무도 없다. 아까 그 층에서 틀림없이 멈춰 섰는데! 옆에서 지금 인기척이 느껴지는데! 둘러봐도 아무도 없다. 모골이 송연해진다. 갑자기 브라이언 드 팔마 감독의 영화 〈드레스 투 킬〉의 한 장면이 생각난다. 당혹스러우면서도 아름다웠던 엘리베이터 안에서의 한 여인의 죽음. 그 은밀함과 섬뜩함이 유발하는 에로스와 타나토스의 묘한 뉘앙스가 생각난다. 이쯤 되면 작업이고 뭐고 없다. 그냥 엘리베이터를, 이 빌딩을 도망가기 바쁘다.

하지만 그 다음날, 배불뚝이 월급쟁이는 엘리베이터 안에서 또 우연을 가장한 척 마네킹 걸을 만나기를 기다린다. 45센티미터 범위 안으로 접근하기를 고대한다. 그러니까 청춘이고, 그러니까 이곳은 청춘빌딩이다.

〈청춘삘딩〉

박영호 작사, 김송규 작곡, 김해송 · 남일연 노래

1930년대에 선풍적인 인기를 끌었던 만요漫謠 가운데 한 곡이다. 만요는 말 그대로 코믹한 성격이 강한 노래를 말한다.

이 노래 가사를 쓴 박영호는 〈오빠는 풍각쟁이〉를 비롯하여 〈전화일기〉, 〈요 핑계 조 핑계〉 등 만요 작사에 있어서도 탁월한 재능을 발휘했다.

남녀를 소재로 다룬 만요는 특히 듀엣곡도 많았는데, 이 노래를 함께 부른 김해송과 남일연의 콤비는 수많은 히트곡을 만들어 냈다.

✷

게리 쿠퍼한테 반했다니
억울합니다

〈활동사진 강짜〉

사랑이 지겨울 때가 있지

극장

"사랑이란 게 지겨울 때가 있지…."

이영훈이 작사하고 이문세가 부른 노래 〈옛사랑〉의 가사 한 대목이다. 그런데 이 노래에서의 지겨움이란 내 맘에 고독이 너무 흘러넘친 탓이다. 누가 물어도 아플 것 같지 않았지만 지나온 일들이 가슴에 사무친 탓이다. 옛사랑 그대 모습이 지워지지 않고 영원 속에 있어, 그것이 지겨운 것이다.

하지만 사랑을 하다 보면 정말 지겨울 때가 있다. 의무감으로 만나는 것도 지겹고, 어디를 갈까 무엇을 먹을까 고민하는 것도 지겹고, 몇 번씩 들은 말을 또 들어줘야 하는 것도 지겹다. 너무 좋아 어쩔 줄 몰랐던 연인. 그러나 시간이 흐르면서 '어쩔 줄 몰랐던'이 변하고 '너무'가 변하고 '좋아'만 그까짓 정 때문에 위태롭게 이어가고 있으나, 그마저 변해버릴까 봐 두렵다.

"사랑이 어떻게 안 변하니?"

결국 이렇게 사랑이 가는 것일까? 봄날이 가는 것일까?

그 변화의 징조는 집중력 저하에서 시작한다. 서로 좋아 죽고 못 살았을 때는 모든 오감의 체계가 상대의 표정 하나하나에, 말 하나하나에 집중된다. 상대의 모든 것이 생경하고 궁금하다. 세상 아무것도 안 보이고 그 사람만 보인다. 하지만 연인의 날들에 그저 그런 시간이 쌓이면서 생경함도 덜해지고 궁금함도 덜해진다. 그 사람밖에 안 보였는데, 다른 사람들이 눈에 들어온다. 그 여자, 혹은 그 남자를 흘끗거리다 말을 놓치기 일쑤이다. 이런 집중력 저하는 분란의 씨앗이 된다.

그런데 사랑이 식어감에 따라 상대적으로 집중력이 높아지는 곳이 있다. 바로 영화관이다.

영화관이라는 공간의 어둠의 속성은 아주 훌륭한 연애코스이다. 갓 사귀기 시작한 커플에게 영화관의 불편한 좌석 배치는 오히려 고맙기만 하다. 좁은 공간으로 어쩔 수 없이 살을 맞대야 하는 처지에서 상대의 숨소리까지 느낄 수 있는 영화관에서의 데이트는 짜릿하기만 하다. 별로 무섭지도 않으면서도 상대에게 몸을 기댈 수 있는 공간이 영화관이며, 스크린에 스킨십 장면이 나오면 어둠을 이용해 슬며시 손을 잡을 수 있는 공간도 영화관이다. 스크린에 집중하기보다 옆자리의 연인에게 집중하게 된다.

하지만 손잡는 정도의 스킨십이 별일이 아닌 정도가 되면 그간 소홀히 했던 스크린을 향한 집중력이 무서우리만큼 높아진다. 옆자리에 버젓이 아주 오래된 연인이 앉아있음에도 은막 속 매력 넘치는 주인공에게 저절로 푹 빠져버린다.

버선목이라도 뒤집어 보이리까
내가 무얼 어쨌다고 트집입니까
모로코 사진 보다 웃었기로니
게리 쿠퍼한테 반했다니 억울합니다
아 이런 도무지 코 틀어막고 답답할 노릇이
놔 어데 있담

요제프 폰 스턴버그 감독의 〈모로코〉는 외인부대 군인과 카바레 여가수와의 사랑을 그린 영화이다. 외인부대 군인 역할은 서부극 스타로 이름을 날린 게리 쿠퍼가 맡았다. 한 영화 제작자가 "이 남자는 가만히 서 있는 것만으로도 여성 팬들의 마음을 사로잡는다"라고 평했다 하나? 아무튼 그는 여자의 마음을 훔칠 충분한 매력을 가진 배우임에 틀림없다.

그런데 여가수의 역할을 맡은 마를레네 디트리히도 더하면 더했지 못하지 않다. 신비로우면서도 관능적인 이미지, 허스키한 목소리에 마초 기질의 건달들도 간단하게 제압해버리는 카리스마에 이르기까지 거부

할 수 없는 매력으로 하나 가득하다.

영화관 어둠 속에서 활동사진에 집중하던 오래된 연인, 너무 집중한 나머지 이들만 나오면 그 매력에 웃음을 짓게 된다. 서로 좋아 죽고 못 살았을 때 보여주었던 웃음, 하지만 지금은 볼 수 없게 된 웃음. 그 웃음을 이제는 나 대신 게리 쿠퍼에게 보여주고 마를레네 디트리히한테 보여준다. 은근히 부아가 치민다. 그럼에도 괜한 트집이냐며 억울해 한다. 강짜 부리지 말라 한다. 도대체 강짜는 누가 부리고 있는데!

연인들 사이에서 이러한 현상은 지극히 자연스러운 것이다. 이러한 현상을 전문용어로 '권태기'라고 부른다. 이 시기가 다르게 찾아오면 문제가 된다. 누구는 사랑이 어떻게 변하냐고 묻고, 또 누구는 사랑이 어떻게 안 변하냐고 대답한다.

그러나 이 시기가 똑같이 찾아오면 전혀 문제가 될 것 없다. 사랑은 한결같이 뜨거울 수 없다는 것을 쿨하게 인정하거나 아니면 사랑이 식었으니 쿨하게 돌아서거나. 어디, 또 아는가? 쿨하게 돌아섰는데 게리 쿠퍼 같은 남자가, 혹은 마를레네 디트리히 같은 여자가 기다리고 있을지. 그 반대의 확률이 훨씬 높겠지만 말이다.

〈활동사진 강짜〉

김다인 작사, 김송규 작곡, 김해송 · 남일연 노래

이 노래의 소재인 〈모로코〉를 연출한 요제프 폰 스턴버그 감독과 여주인공 마를레네 디트리히는 연인 사이로도 유명하다. 스턴버그 감독은 자신의 연출작 〈푸른 천사〉에서 무명의 배우였던 마를레네 디트리히를 '팜므 파탈의 스타'로 등극시켰으며, 이후로도 모두 일곱 편의 영화를 같이 만들었다.

스턴버그 감독은 1936년 조선을 직접 방문하기도 했다. 〈장화홍련전〉을 우연히 보고는 주제는 좀 그렇지만 문예봉이라는 배우는 으뜸이라면서 "원더풀, 뷰티풀"을 연발했다고 한다. 요즘까지 추앙받는 감독이지만 〈장화홍련전〉의 주제를 그렇게 폄하한 건, 그 작품을 잘못 이해했거나 우리의 정서를 잘못 파악한 것에서 비롯된 게 아닐까 싶다.

이 노래를 작사한 김다인은 조명암의 예명인데, 당시 그와 함께 대중가요계를 평정했던 작사가 박영호도 이 예명을 같이 사용했다.

✷

꽃다운 이팔소년 울려도 보았으며
철없는 첫사랑에 울기도 했더란다

〈화류춘몽〉

화류신세 계집애도 사랑이 있어
병이로구나

〈화륜선아 가거라〉

눈 오는 홍등가의 데카당

유곽

소녀에게 묻는다.

"꿈이 뭐니?"

소녀가 대답한다.

"기생이요!"

있을 법하지만, 없을 법하다. 별 희한한 소재도 희한하게 이야기로 잘도 꾸며내는 일본 만화에 나올 법한 캐릭터이지 현실에서 흔히 마주할 캐릭터는 결코 아니다. 그런데도 이렇게 얘기한다.

"너 스스로 여기 온 거잖아."

스무 살도 안 된 여린 소녀에게 자의라는 잣대를 들이대는 것은 지독히도 폭력적이다. 세상 물정 하나 모르는 고운 소녀의 꿈이 어찌 분 바르고 웃음 파는 거였겠는가. 그런데 앞에 놓인 선택이란 가슴 아프게도 이 길뿐이었다. 권번의 문턱에 들어선 순간, 낯선 분위기에 짓눌려 아무 저항도 할 수 없었다. 무서움이나 두려움조차도 모르고 그저 무심히 내디딘 발걸음, 그 발걸음만 내 뜻이었지 이제까지의 모든 과정은 남의 뜻이었다. 타의였다.

요즘은 매복되어 있지만, 얼마 전까지만 하더라도 홍등의 불빛은 버젓이 큰길을 비추고 있었다. 홍등의 조명 아래 소녀들의 무심한 표정. 그 표정만큼 소녀들은 무감한 줄 알았다. 그런데 홍등가에 눈이 날리기 시작하자 소녀들의 눈빛이 움직였다. 한복 차림의 몇몇 소녀가 문을 살짝 열고는 점점 커지는 눈송이를 두 손에 담아보려 했다. 어떤 눈송이는 야속하게도 바람을 타고 소녀들의 손을 스쳐 지나갔고, 또 어떤 눈송이는 소녀들의 따스한 손에서 물로 소멸됐다. 잠시였으나 함박눈과 함께 소녀들의 까르르하는 맑은 웃음도 하늘로 날렸다.

그때 알았다. 소녀들은 결코 무감하지 않다는 것을. 소녀들은, 똑같은 소녀들이었다. 하얀 눈이 내리는 하얀 밤을 좋아하는 홍등 불빛 아래의 앳된 화류. 그러하기에 소녀들의 사랑은 더 어렵고 더 가슴 아프다.

> 꽃다운 이팔소년 울려도 보았으며
> 철없는 첫사랑에 울기도 했더란다
> 연지와 분을 발라 다듬는 얼굴 위에
> 청춘이 바스러진 낙화 신세
> 마음마저 기생이란 이름이 원수다

진정한 사랑은 시련 속에 꽃핀다 하지만 끝내 그 꽃을 못 피우는 사랑이 있다. 세상에서 가장 강한 것은 사랑이라 하지만 처절히 무너져 찢기고 마는 사랑이 있다. 사랑은 이렇게 때로 아름답지 않으며, 심지어 잔인하다.

에로스의 두 개의 화살 중 납 화살을 맞아야 했다. 그래야 사랑의 '사'도 모르는 저 다프네가 되지 않겠는가. 이것이 사랑을 줘서도 안 되고 사랑을 받아서도 안 되는 기생의 숙명인 것을. 하지만 정작 심장을 뚫은 건 황금 화살이었나 보다. 처음 남자와 우는 사랑도, 이팔소년과 울리는 사랑도 해보았다. 해서는 안 될, 넘을 수 없는 벽에 가로막힐 금단의 사랑을 해보았다. 남은 것은 떨어진 마른 낙엽처럼 바스러진 청춘의 신세. 마음마저 기생이란 이름이 너무도 서글프다.

이렇게 태어난 것이 달라 살아가는 것이 달라야 하고, 사랑하는 것도 달라야 하는 소녀들. 더 짓밟히기 싫어 사랑 따위는 안 해보려 하지만 사랑이란 게 어디 그러한가. 정작 관습 때문이면서도 "사랑하기 때문에 떠난다"고 핑계 대는, 해서는 안 될 그 사랑에 자꾸 빠져들고 만다.

화륜선아 잘 가거라 만경창파 잘 가거라

몸부림치며 울 때 바라波羅가 땡땡

화류신세 계집애도 사랑이 있어

병이로구나

오냐오냐 잘 가거라

밖으로 하염없이 눈이 퍼붓는다. 그 하얀 정적이 안으로 고스란히 스며든다. 모두가 떠난 쓰러진 테이블 위엔 욕망의 흔적만 널브러져 있다. 서글프다. 고향에서 이렇게 펑펑 눈이 오는 날이면, 아침 햇살에 눈부시게 드러날 하얀 풍경을 맞이할 생각에 가슴이 한없이 콩닥거렸는데. 홍등가에 펑펑 내리는 눈은 눈물만 한없이 펑펑 쏟게 만든다.

그 울음에 지쳐 무심결에 저고리 끈을 만져본다. 그러나 흠집이 졌다. 타의에 자의가 허물어졌다. 위로받고 싶다. 해서는 안 될 사랑을 했던 그 사람이 또다시 생각난다. 아서라, 아름다운 눈동자를 가진 소녀여. 관습을 핑계로 떠난 자, 마음으로는 돌아오지 않는다. 만약 돌아온다면 더 가학적이 된 관습의 괴물로 돌아올 뿐.

하여, 화류춘몽에서 깨어난다. 화류신세가 사랑이 있다는 게 병이로구나. 자꾸 떠오르는 가면 쓴 그 얼굴을 애써 지워낸다. 현실로 애써 돌아온다. 오냐 오냐 잘 가거라, 나 또한 잘 갈 테니! 밖으로는 우울과 한탄을 감춰줄 흰 눈이 여전히 펑펑 쏟아져 내린다. 소녀는 이름은 기생이지만 마음마저 기생은 아니기를 마음속으로 다짐한다.

눈 오는 홍등가의 데카당이다.

〈화류춘몽〉〈화륜선아 가거라〉

조명암 작사, 김해송 작곡, 이화자 노래

〈화류춘몽〉과 〈화륜선아 가거라〉는 1940년도에 발매된 이화자의 앨범에 함께 수록된 곡이다.

두 곡 모두 기생의 애환을 가사로 담았다. 이화자는 기생 출신 가수로 마치 자신의 처지를 말하듯 애절하게 두 곡을 노래하여 공감을 자아냈다. 한 기생은 이 노래들을 들은 후 자살소동까지 벌였다고 한다. 이화자는 이 노래들 외에 〈어머니 전 상서〉 등의 곡으로 해방 전 절정의 인기를 누렸지만, 이후 아편중독으로 더 이상 무대에 서지 못하고 쓸쓸히 삶을 마감한 것으로 전해진다. 두 곡의 작사가와 작곡가도 같다.

✷

타향의 그 누구가
나를 울리나 나를 울리나

〈쓸쓸한 여관방〉

여행의 끝은 진정 행복하기를…

여관

"한강 다리 막 건너가는 전철에//강물을 바라보는/웬 비구니 스님이//물빛엔 듯/햇살엔 듯//얼굴에 미소 한볼 건져올리는데//내 마음에/알 수도 없는 곳에서//눈물이 솟는데"

세상을 떠난 박영근 시인의 작품 〈눈물〉에 나오는 시 구절이다.

스님은 왜 비구니가 되었을까? 스님은 어디로 가는 걸까? 스님은 무슨 생각을 하며 강물을 바라보는 걸까? 스님은 어떤 마음이길래 물빛 때문인 듯 햇살 때문인 듯 저렇게 혼자 미소 짓는 걸까? 그런 스님을 바라보는 나는, 왜 알 수 없는 눈물이 솟는 걸까?

시도 시거니와 시인의 마음이 참 아름답다. 한 사람이 걸어온 시간을 가늠해보며, 그 가늠한 유추와 눈물 나눌 수 있는 따뜻한 공감 능력. 그러니까 칭송받는 시인인가보다.

박영근 시인처럼 이타적利他的이지 않고 순전히 '이자적利自的'인 반응이지만, 때때로 외부로부터의 자극은 마음을 뿌리째 흔든다. 아주 자그마한 움직임, 아주 자그마한 소리도 시각과 청각을 뚫고 들어와 마음까지 와 닿는다. 지금의 처지가 온전하지 않을수록 그 자극은 예리하다.

여기, 한 여행객이 있다.

가슴을 파고드는 싸늘한 바람에
여관방 등잔불이 음 가물거린다
창틈을 새어드는 휘파람 소리에
아 타향의 그 누구가 타향의 그 누구가

여관을 찾는 자들은 크게 두 부류이다. 물론 은밀한 사생활을 위해 여관의 문을 살며시 두드리는 커플도 있겠으나, 그들을 차치하고 나면 이렇게 둘로 나눌 수 있겠다. 스스로 찾는 자와 떠밀려 찾는 자.

이러한 분류법에 따라 여관의 감정은 달라진다. 오디세우스처럼 모험을 목적으로 스스로 여행에 나선 이들에게 변두리 여관의 습기 잔뜩 먹고 퀴퀴한 냄새나는 이불쯤은 그저 술자리에서 안주 삼을 정도의 경험이다. 하지만 여러 가지 사연에 어쩔 수 없이 여행에 나선 이들에게 그 축축함과 퀴퀴함이란 서글픔이다.

사연에 떠밀려 온 타향에서의 하루. 결과가 있어야 한다. 그것이 어려우면 조짐이라도 있어야 한다. 그래야 고향으로 돌아갈 날을 가늠할 수 있다. 그러나 이 낯선 곳에서 결과와 조짐의 실마리는 좀처럼 잡히지 않는다. 긴장된 기대감의 불꽃으로 여관 문을 나서지만 그 불꽃은 끝내 타오르지 않는다.

소득 없이 보낸 하루의 끝에 돌아갈 곳이란 그저 축축함과 퀴퀴함이 기다리는 쓸쓸한 여관방밖에 없다. 그런데 여관에서의 밤의 시간은 왜 이리 느린 건지, 여관에서의 밤의 그림자는 왜 이리 깊은 건지.

여관 창문 밖으로 노란색으로 무르익은 은행잎이 빗물처럼 후드득후드득 떨어진다. 가을의 때 이른 요절. 원래 가을의 끝자락은 일 년 가운데 가장 쓸쓸한 무렵이다. 게다가 계절이 감각을 잃어 선선해야 할 바람이 서늘하다 못해 싸늘해져 겨울 냄새를 풍기면 여행객의 마음도 함께 싸늘해진다. 바람에 등잔불이 가물거리는 건지, 쓸쓸함에 마음이 가물거리는 건지 알 수 없다.

그런 마음을 누군가가 쿡쿡 찌른다. 창틈을 새어드는 휘파람 소리, 그 소리가 여행객 마음으로 새어든다. 그는 왜 이 늦은 밤에 아직도 타향을 헤매는 걸까? 무슨 사연이길래 입술을 오므려 그토록 처량한 소리를 내는 걸까?

휘파람 소리에는 구체성이 없다. 대사나 가사 없이 가냘픈 음의 높낮이만 있다. 하지만 그 페이소스는 뚜렷하고 강렬하다. 대사나 가사가 없기에 구체적 곡절은 모르겠으나, 그 내면의 비애의 깊이는 그대로 전염돼 온다. 그래, 쓸쓸함은 쓸쓸함을 알아본다. 여행객은 창틈으로 스며온 무언가無言歌의 함축된 이야기에 동질감을 느끼며 소리죽여 흐느껴 운다.

그러나 창틈을 새어든 휘파람 소리가 눈물샘만 자극하는 것은 아니다. 이 춥고도 험한 타향에서 희미한 조짐이라도 찾으려 헤매는 건 나뿐이 아니라는 동질감을 느끼게 해준다. 저 구슬픈 휘파람 소리가 나뿐이 아니라는 걸 증명해주고 있지 않은가. 여행객은 역설적이게도 그 처량한 소리에 한편으로는 안도감을 느낀다. 창밖 집으로 돌아가지 못하고 휘파람을 부는 그 누군가와 연대감을 느낀다.

그런데 따지고 보면 그들뿐이 아니다. 어쩌면 우리 모두는 이런저런 이유로 떠밀려 타향으로 기회를 찾아 나선 여행객들이다. 여기저기서 들리는 탄식 섞인 무언가無言歌에 비애를 느끼기도 하고 한편으로는 혼자가 아니라는 안도감을 느끼기도 하는 우리 모두는, 지금 이 순간 쓸쓸한 여관방에 있는지도 모른다.

하지만 언젠가 이 춥고도 험한 타향을 떠나 집으로 돌아가는 길만은 쓸쓸하지 않기를. 그 여행의 끝만은 진정 행복하기를. 여행객들은 그런 소박한 바람을 꿈꾸며 오늘도 쓸쓸한 여관방에서 때 묻은 이불을 머리끝까지 추어올린다.

〈쓸쓸한 여관방〉

조명암 작사, 김해송 작곡, 박향림 노래

〈오빠는 풍각쟁이〉로 유명세를 탄 박향림이 최전성기를 구가하던 시절에 부른 노래이다.

박향림은 1941년 당시 가수로서는 드물게 걸작선 앨범을 발매하기도 했다. 이 걸작선에는 〈쓸쓸한 여관방〉을 비롯하여 〈코스모스 탄식〉, 〈흐르는 남끝동〉 등 타향살이의 비애감을 담은 세 곡의 노래가 수록됐다. 특히 이 세 곡의 노래마다 신파극 〈검사와 사형수〉에서 사형수 역을 맡아 스타덤에 올라선 배우 심영이 구슬프게 대사를 읊어 노래를 듣는 이들의 심금을 울렸다.

여러 레코드사를 오가며 한참 인기를 누리던 박향림은 1946년 25세의 나이로 요절했다. 박향림을 이별하는 추도공연에서 그녀를 직접 발굴했던 작사가 박영호가 추도시를 낭독했다.

2부 유행가가 사랑한 그 뜻

✷

삶에 열중한 가련한 인생아
너는 칼 위에 춤추는 자로다

〈**사의 찬미**〉

그래도, 끝까지 버티고 볼 일이다

죽음

오늘도 시작한다. 반사적으로 일어나 하루를 시작한다. 도시의 바다 한가운데로 전혀 설레지 않는 여행을 떠난다.

그가 말했다. 투명인간에 대해 말했다. 이른 아침 일터로 향해가는 이름은 있지만 이름을 잃어버린 사람들. 존재하지만 존재가 느껴지지 않는 사람들. 인터넷을 뒤져봐도 그 어떤 흔적도 발견되지 않는 사람들. 이 도시의 그늘에 가려진 보이지 않는 투명인간들. 우리들.

꽤 많이 이루고, 꽤 많이 가진 자가 있다. 하지만 여전히 1회 초라고 한다. 여전히 보여줄 것이 많고, 가져갈 점수가 많다고 한다. 그 지칠 줄 모르는 탐욕이 최고의 가치가 된 탐욕의 시대.

"꿈이 뭐죠?"

"건물주요!"

"열심히 해서 그 꿈 꼭 이루길 바라요."

어쩌면 우리 또한 그 꿈을 이루고 싶어 오늘도 이렇게 똑같은 여행을 하고 있는지도 모른다. 그러나 우리는 안다. 대부분 그 꿈을 이룰 수 없다는 것을. 승산이 없다는 것을. 여전히 1회 초라고 떵떵거리는 그들과 이길 수 없는 시합을 계속해야 하는 우리들. 패전처리 투수와 그 투수를 가슴 찢어지게 바라보는, 빨리 시합이 끝나기만 바라는 우리들.

그리고 글썽거리는 오후가 찾아온다. 석양에 잠긴 빌딩들이 섬처럼 떠 있다. 어떤 야망도 허락하지 않는 시대. 보이지 않는 필연성이 어떤 상승도 허락하지 않는 시대. 이런 시대를 한탄하면서 우리는 도시의 바다를 지나 집으로 무겁게 발길을 옮긴다. 하지만 내일도 반사적으로 일어나 또 하루를 시작할 것이다. 질 것 빤한 시합을 또 치를 것이다.

이런 것이 삶인가?

이렇게 지친 우리를 그녀가 유혹한다. 오디세우스를 저 검은 바다 밑으로 끌어가려 했던 세이렌의 치명적 노래처럼.

> 웃는 저 꽃과 우는 저 새들이
> 그 운명이 모두 다 같구나
> 삶에 열중한 가련한 인생아
> 너는 칼 위에 춤추는 자로다
> 눈물로 된 이 세상에 나 죽으면 그만일까
> 행복 찾는 인생들아 너 찾는 건 허무

삶에 열중한 가련한 인생. 그저 칼 위에 춤출 뿐인 투명인간 인생. 사는 것은 결국 아무것도 아니라 하는 그녀의 가냘픈 속삭임을 듣고 있자면, 사의 '찬미'는 아닐지언정 사의 '동의'쯤은 하게 된다.

하지만 말이다, 막상 동의하려니 아쉬운 게 너무 많다. 죽고도 싶으나 떡볶이도 먹고 싶다고 했나? 그런데 어디 떡볶이뿐이겠는가. 가련하게 삶에 열중하면서 홀짝였던 아메리카노 한 잔의 좋은 쓴맛, 칼 위에 춤추고 난 후 집으로 가는 길에 순댓국을 안주 삼아 들이켰던 소주 한 잔의 좋은 쓴맛, 어떻게 잊을 수 있단 말인가. 우리더러 사는 게 허무라 했지만, 그 유혹을 따르자니 심장을 후벼 파는 듯한 그녀의 애틋한 음색을 더 이상 들을 수 없으리란 이 아쉬움의 역설을 어떻게 해석해야 한단 말인가.

우리는 죽은 자를 위해 많은 것을 한다. 그리그의 장송곡, 쇼스타코비치의 장송곡, 스트라빈스키의 장송곡, 바그너의 장송곡, 그리고 모차르트의 진혼곡을 들려준다. 그러나 침묵이다. 죽은 자는 아무 말이 없다. 결국 산 자를 위한 것이다. 이 장송곡과 이 진혼곡을 듣고 있으면 죽고 싶은 마음이 눈곱만치도 들지 않는다. 이 위대한 선율을 두고 떠나긴 왜 떠나는가. 그래,

이 장송곡과 진혼곡은 산 자를 위한 응원곡과 다름 아니다.

따지고 보면 중요한 것은 기준일 것이다. 그들의 기준에 맞추면 절대 이길 수 없는 삶이다. 그러나 우리의 기준에 맞추면 이기는 것도 지는 것도 아무런 의미 없는 삶이다. 그저 좋으면 되는 삶이다. 바둑도 있다. 무협지도 있다. 선한 영화도 있고, 야한 영화도 있다. 스타크래프트도 있다. 프로야구도 있다. 산책도 있고 혼술도 있다. 떠나기 싫은 이유, 떠나면 안 되는 이유가 부지기수다.

윤심덕 선생, 당신이 틀렸다. 기준을 달리하면 재미있는 것이 너무나 많은 곳이 이 도시의 바다다. 그러니까 끝까지, 끝까지 버티고 볼 일이다.

〈사의 찬미〉

이바노비치 작곡, 윤심덕 작사, 윤심덕 노래

그 유명한 현해탄 정사情死사건의 주인공 윤심덕이 직접 가사를 만들고 노래한 번안곡이다.

원곡은 잘 알려진 대로 이바노비치의 왈츠곡 〈다뉴브강의 잔물결〉. 〈사의 찬미〉의 이미지가 너무 강해 이 원곡도 쓸쓸할 것 같으나, 전 곡을 들으면 잔물결이 아닌 큰 물결이 느껴질 정도의 경쾌함과 장엄함이 있다. 그도 그럴 것이 애초 이바노비치가 군악대 연주곡으로 이 왈츠곡을 작곡했기 때문이다.

이 왈츠곡을 가단조로 편곡한 〈사의 찬미〉는 윤심덕의 죽음과 함께 10만 장이 넘게 팔리는 대히트를 쳤다.

✷

나는 가슴이 두근거려요
아리켜 줄까요 열일곱 살이에요

〈**나는 열일곱 살**〉

그 아이들도 열일곱 살이었다

기억

나이에 있어서 '9'라는 숫자는 괜히 쓸쓸하다. 한 시기에서 다른 한 시기로 넘어가는 문턱에 걸친 숫자이기 때문이다. 다시 돌아올 수 없는 시기와 마지막으로 이별하는 지점, 그래서 어떤 연령대라도 '9'라는 숫자가 새겨진 나이가 되면 자꾸 돌아보게 된다. 십 년 단위로 구분된 나의 일대기를.

그렇다면 '9'라는 숫자가 아련하게 되돌아보는 때는 어느 숫자일까? '1'이라는 숫자? 아닐 것이다. 처음이라는 생경함은 있지만 반대급부로 실수도 많아, '1'

이라는 숫자의 나이는 호기심도 있지만 어설픔도 많다. '5'라는 숫자? 이도 아닐 것이다. 이루려 애쓰지만 상대적으로 잃는 것도 많아, '5'라는 숫자의 나이는 기대도 많지만 실망도 많다.

이렇게 따져보니 십 년 단위의 모든 시기에 있어서 가장 화려한 날은 '7'이라는 숫자 무렵이 아닐까 한다. 모든 시행착오를 겪은 후의 때. 다가올 다음의 시기가 아직 두렵지 않은 때. 하여 그 시기의 모든 것을 마음껏 누릴 수 있는 때. 인생의 십진법에 있어서 '7'이라는 숫자가 새겨진 나이가 곧 전성기일지도 모르겠다.

당연히 십 대의 시절도 마찬가지다.

십 대의 초반, 천천히 눈뜬다. 정말 찌질했던 애가 저렇게 멋있어지다니, 정말 찌질했던 애가 저렇게 아름다워지다니! 이성에 눈뜬다. 그저 애였던 그 아이가 설렘으로 다가온다. 그 시절 우리가 좋아했던 소년, 혹은 소녀. 그렇지만 서툴다. 여전히 앳됨이 남아있다. 십 대의 초반, 처음으로 이성에 눈떴으나 서투름에 어쩔 줄 몰라 한다.

십 대의 중반, 비로소 러브 스토리를 이해하게 된다. 이와 함께 이성의 폭도 넓어진다. 책 속에서 TV 속에서 만화 속에서 영화 속에서 다양한 이성을 만난다. 도색잡지와 야동을 흘낏거리기도 한다. 그 시절 러브 스토리의 정수는 뭐니 뭐니 해도 〈로미오와 줄리엣〉이다. 로미오와 줄리엣이 연애할 때 나이가 십 대 중반이라 했던가. 그래서인지 1996년판 로미오였던 레오나르도 디카프리오에게, 1978년판 줄리엣이었던 올리비아 핫세에게 숨이 멎어버린다. 그러나 알게 된다. 그와 그녀는, 이야기 안에서는 우리의 연인이지만 이야기 밖에서는 우리의 연인이 될 수 없다는 것을.

그리고 열일곱 살, 십대의 가장 발랄한 때로 들어선다. 어설프게 알았고 간접적으로만 마주했던 이성을 진실 되고 직접적으로 마주하고 싶은 나이로 들어선다. 그런 마음에 세상의 열일곱 살들은 이렇게 노래한다.

나는 가슴이 두근거려요

아리켜 줄까요 열일곱 살이에요
가만히 가만히 오세요 요리조리로
별빛도 수줍은 버드나무 아래로
가만히 오세요

발랄한 나이인 만큼 프러포즈도 발랄하다. 두근거리는 마음을, 울렁거리는 마음을 숨기지 않는다. 조금은 부끄럽지만 알 것 다 아는 열일곱 살이라고 살며시 가르쳐준다. 음흉하지 않아 좋다. 때 묻지 않아 좋다. 가만히 가만히 오라 한다. 발랄하기는 해도 수줍은 나이이니까 떠들썩하지 말고 가만히 오라 한다.

그런데 그들이 오라 하는 것은 이성의 첫사랑만이 아니다. 꿈이라는 첫사랑도 오라 하는 것이다. 어떤 열일곱은 변호사의 꿈에 사랑을 품는다. 어떤 열일곱은 인권운동의 꿈에 사랑을 품는다. 그들이 사랑하는 대상은 실로 다양하다. 인디밴드, 모델, CEO, 스포츠 해설가, 쉐프, 프로그래머, 작가, 게이머, 유튜버, 예능 PD…. 또 어떤 열일곱은 진짜 옆에 있는 동급생에게 사랑을 품는다.

그들의 첫사랑은 찬란하다. 앞으로 무궁무진하게 펼쳐질 것이기에 찬란하다. 기성 사회는 이 열일곱의 찬란함에 의무를 져야 한다. 그래야 이 사회가 무궁무진하게 찬란해질 테니 말이다. 그러나 기성 사회는 그 발랄하고 아름다운 첫사랑을 무참하고 잔인하게 짓밟아버렸다.

시험을 망친 열일곱 살, 자신이 품은 꿈과 멀어질까 봐 속상했을 열일곱 살, 그럼에도 엄마 아빠가 속상할까 봐 그게 더 걱정됐던 속 넓은 열일곱 살, 수학여행을 다녀오면 내 첫사랑의 꿈과 꼭 가까워지리라 다짐했던 열일곱 살. 그러나 그 다짐은 검은 바다의 심연 속에 잠겨버렸다. 가만히 가만히 오라는 그 순진한 수줍음 때문에 가만히 있으라는 뻔뻔함을 믿었던 것인지도 모른다. 사방이 막힌 닫힌 공간에서 천천히 다가오는 죽음이라는 잿빛 단어와 마주해야 했던 그 아이들, 단지 열일곱 살이었다.

어딘가에 잘 있을 것이다. 순수하게 부끄럽게 발랄

하게 해맑게 진솔하게 열일곱 살답게 까르르 웃고 있을 것이다.

그곳은 여기처럼 천박하지 않겠죠? 아침에 일어나면 가슴 두근거리는 즐거운 일들로만 가득하겠죠? 그곳에서는 저마다의 찬란한 첫사랑이 꼭 이뤄지기를 가만히 가만히 빌어볼게요. 미안해요, 정말 미안해요.

〈나는 열일곱 살〉

이부풍 작사, 전수린 작곡, 박단마 노래

〈나는 열일곱 살이에요〉라는 제목으로 지금까지도 널리 불리는 곡이다.

노래방에서 이 곡을 찾으면 황금심, 이미자, 신카나리아, 심수봉 등이 부른 것으로 나오나, 처음으로 이 노래를 부른 가수는 박단마이다.

어렸을 때부터 연극무대에 섰던 그녀는 1938년 이 노래를 발표하자마자 일약 스타덤에 올라섰다. 매력적인 비음鼻音으로 발랄하게 〈나는 열일곱 살〉을 불렀던 박단마, 당시 그녀의 나이도 가슴 두근거리고 울렁거리는 열일곱 살이었다.

✷

손기정과 남승룡은 찬양의 높은 소리
온 세상을 떨치누나

〈마라손 제패가〉

스타디움의 저주받은 자들

승부

"새는 날고, 물고기는 헤엄치고, 사람은 달린다."

1952년 헬싱키 올림픽 마라톤 종목 챔피언, 그 올림픽 대회에서 마라톤뿐만 아니라 5천 미터, 1만 미터까지 무려 세 개의 장거리 종목 금메달을 모두 거머쥔 인간계를 뛰어넘은 철인, 그래서 '인간 기관차'라는 별명까지 얻게 된 에밀 자토펙. 그가 남긴 멋진 말이다.

"러너는 가슴 가득 꿈을 안고 달려야 한다. 호주머니 가득 돈을 채운 자는 진정한 러너가 아니다."

자토펙의 명언 시리즈는 사람들을 한껏 매료시킨

다. 실제로 그는 진정한 러너가 되고자 갖은 노력을 다했다. 심폐기능을 높이기 위해 숨을 멈추고 뛰다 기절한 적도 있고, 탈장수술을 받은 뒤 2주 후에 개최된 1956년 멜버른 올림픽에서는 정상의 몸이 아닌 채로 마라톤 풀코스를 완주하며 자신이 인간계를 뛰어넘은 러너임을 다시 한번 증명하였다.

그런데 그가 달리는 모습은 정작 처연하다. 머리와 상체를 꼿꼿이 세우고 질주하는 러너들의 당당함을 그에게서는 찾아볼 수 없다. 머리와 상체가 옆으로 기울어져 있다. 얼굴은 고통스럽게 일그러져 있으며, 연상 씩씩대며 가쁜 숨을 몰아쉰다. 당당하기보다는 초라하고 가엽다. 곧 포기할 것 같다. 곧 쓰러질 것 같다. 심지어 곧 숨이 넘어갈 것 같다. 하지만 포기하지 않고 쓰러지지 않는다. 끝내.

사람들은 이러한 자토펙에 미친다. 얼굴이 잔뜩 일그러져 있기에 더 환호하며, 몸이 잔뜩 기울어져 있기에 더 열광한다. 그 고통을 엿보며 즐긴다. 겉으로는 인간 승리에 감동하는 것 같지만, 속으로는 인간 학대에 감탄하는 것 같기도 하다. 정신적 한계는 알겠고, 생물학적 한계는 어디까지지? 어쩌면 그 한계를 보고 싶어 환호하고 열광하는지도 모른다. 스포츠 세계는 일면 가학적이다.

손기정이 올림픽에서 우승하여 월계관을 쓴 건 자토펙보다 16년 앞선 1936년 베를린 올림픽. 스타디움에는 무려 12만 명의 관중이 운집했다. 어느 누가 먼저 들어올 것인가, 어느 누가 얼굴을 잔뜩 찡그릴 것인가, 어느 누가 골인점을 지나 토사물을 쏟아내며 그라운드를 나뒹굴 것인가. 12만 명 관중들의 관음.

이 스타디움은 유독 더 불온했다. 광적인 나치즘이 바랐던 건 아리아 인종이 다른 인종을 뿌리치고 스타디움으로 가장 먼저 들어오는 장면. 그래서 아리아인은 우수하다는 자신들의 인종주의적 주장이 옳다는 것을 입증하고 싶어 했다. 하지만 스타디움으로 가장 먼저 모습을 드러낸 건, 일장기를 큼직하게 가슴에 단 아시아 동맹국의 깡마른 청년.

그나마 다행이었다. 적대관계에 있던 유럽의 다른

인종이 아니어서 다행이었다. 동맹국이라 하지만 아시아의 맹주라고 자처하며 슬슬 기어오르려고 하는 일본인종이 아니어서 다행이었다. 동맹국 일본에게 침략당해 나라를 잃어버린 민족 조선, 그 조선의 깡마른 마라토너 손기정이어서 다행이었다. 12만 명 아리아인들은 "손기정, 너라서 고마워"라며 환호하고 열광했다.

그러나 손기정은 처연했다. 남의 나라에서 남의 나라 국기를 달고 남의 나라 이해관계로 환호 받고 열광 받는 그 스타디움의 불온함과 가학성 때문에 처연했다. 새는 날고, 물고기는 헤엄치고, 나는 사람이라 달렸다. 달리는 게 좋아서 그저 달렸다. 뛰어난 인종이어서가 아니라 세계에서 고통을 가장 잘 이겨내며 달릴 수 있는 나였기에 월계관을 머리에 올릴 수 있었다.

반도가 낳은

마라손의 두 용사 우승 빛나는

즐거웁다 이 날이여

기쁨으로 맞이하자 그 공적 크도다
손기정과 남승룡은 찬양의 높은 소리
온 세상을 떨치누나

스포츠는 대리의 영역이다. 드라마도 대리의 영역이긴 마찬가지이지만, 인위적이라는 면에서 스포츠와 다르다. 스포츠는 말 그대로 '각본 없는 드라마'이다. 이 대리의 영역에서 관중들은 가혹하다. 자신들이 원하는 결말을 내면 한없는 찬사를 보내주지만, 그렇지 않을 경우 한없는 저주를 퍼붓는다.

또한 스포츠는 약소국이 강대국과 경쟁할 수 있는 거의 유일한 영역이다. 합법적인 룰 안에서 약소국이 강대국을 처참하게 짓누를 수 있는 영역인 것이다. 그러나 역으로 약소국이 강대국에 처참하게 짓밟히는 영역이기도 하다. 짓누르지 못하고 짓밟혔을 때, 선수들은 그 대리의 경쟁을 함께 치른 관중들로부터도 짓밟힐 각오를 해야 한다.

"국민의 성원에 보답 못해 죄송합니다."

뭐가 죄송한지는 모르겠지만, 여하튼 이렇게 고개 숙인다. 스타디움의 저주받은 자들. 국가주의, 인종주의 스포츠로부터 저주받은 자들. 남의 나라 국기를 가슴에 달고 달린 처연한 손기정이었지만, 다행히 이 땅의 사람들은 그를 기쁨으로 맞이했다. 그의 공적을 크게 외쳤고, 높은 소리로 찬양했다. 시상대에서 환하게 웃지 못한 그였으나, 이러한 조선 민중의 환대에 비로소 미소 지었을 것이다. 그야말로 모든 이데올로기를 초월하여 순수한 스포츠 영역에서의 일인자의 환희를 마음껏 만끽했을 것이다.

하지만 순수 스포츠 영역에서도 여전히 처연한 한 사람이 있다. 손기정과 함께 끝까지 완주하며 3위를 기록한 남승룡. 그냥 하는 말인 줄 알았는데, 정말 역사는 승자의 기록인가보다. 그의 땀, 그의 투혼, 그의 결기가 남긴 기록은 사람들의 기억 속에 희미해져가고 있다.

오늘도 수많은 스타디움에서 수많은 관중들의 가학적인 관음 속에 수많은 스포츠가 불꽃 튀기고 있다.

짓누르지 못하면 짓밟히고 마는, 인생과 참 많이 닮은 저 스포츠가.

〈마라손 제패가〉

콜롬비아 음반 문예부 작사, 고세키 유지 작곡, 채규엽 노래

베를린 올림픽 직후, 손기정의 금메달과 남승룡의 동메달 획득을 기념하기 위해 만들어진 곡이다.

이 노래의 음반에는 손기정의 우승 인터뷰가 함께 수록돼있어 더욱 관심을 끈다. 우승 소감에는 "일장기가 나를 응원하여 주는 것이 보였다, 장엄한 우리나라 국가가 엄숙하게 내 귀를 울렸다, 내 개인의 승리가 아니라 전 우리 일본 국민의 승리다"라는 등등의 불편한 표현이 많다.

한 TV 프로그램에서는 "우리 일본 국민의 승리다"라는 대목에서 "크게 읽어"라는 누군가의 강압적인 목소리를 찾아내 손기정이 그런 말을 할 수밖에 없었던 이유를 밝히고 있다. 인터뷰에서조차도 처연해야 했던 그였다.

✷

그대의 입술은야 그대의 입술은야
한 떨기 아편 꽃

〈감격의 그날〉

날카로운 첫 키스의 추억

추억

흔히 대부분의 플롯은 '삼세번의 법칙'을 통해 완결성을 갖는다고 말한다. 어떤 이야기든지 그 앞에 장애물이 놓여있기 마련인데, 장애를 해결하기 위한 두 번의 시도가 실패로 돌아간 후 세 번째 시도에서 성공을 이룰 때 그 극적 긴장감이 고조된다는 것이다.

사랑의 플롯에도 이 '삼세번의 법칙'은 어김없이 적용된다. 모든 사랑이 다짜고짜 한 번 만에 이뤄진다면 '삼세번의 법칙'을 어기는 것이고, 감동도 재미도 덜하다. 이야기로서의 가치가 있으려면 당연히 사랑 앞에 크고 작은 장애물이 놓여있어야 한다.

사랑에는 여러 가지 유형이 있다. 한 번에 풍덩 빠지는 사랑이 있는가 하면, 끝없이 티격태격하는 사랑도 있고, 서서히 물드는 사랑도 있다. 하지만 어떤 유형이건 주인공은 사랑하고 있음을 자각하는 순간부터 이를 쟁취하기 위해 눈물겹도록 분투한다. 그리고 마침내 첫 번째 장애를 극복하고 상대를 연인으로 만들어낸다.

한데 여기서 끝이라면 이 이야기도 하다 만 듯 시시껄렁하다. 그래서 멋진 라이벌이 갑자기 나타난다든지, 연인의 가족이 모두 멀리 떠나가게 된다든지, 사랑을 가로막는 더 강력한 두 번째 장애물이 등장한다. 그러나 사랑의 힘 앞에 이 정도의 난관은 아무것도 아니다. 라이벌과 무모한 결투를 벌이기도 하고, 무작정 산 넘고 바다 건너 사랑하는 이를 찾아가며 또다시 역경을 이겨낸다.

'삼세번의 법칙'에 따르자면 이제 마지막 장애가 나설 차례이다. 극의 감정 곡선을 최대치로 높이고자 한다면, 이 세 번째 걸림돌은 이전까지의 장애와 비교도 안 될 난이도를 갖고 있어야 한다. 그러하기에 허구의 세계에서는 시한부 인생부터 출생의 비밀까지 온갖 상상력을 쥐어짜내 주인공의 사랑을 탈출구 없는 막장으로 몰아넣는다. 그리고 주인공이 마지막 역경에 맞서 처절히 몸부림치다 장애를 굴복시키면 해피엔딩으로, 굴복당하면 애절한 새드엔딩으로 그 사연 많았던 러브 스토리의 끝을 맺는다.

허구 밖 실제의 세계에서도 사랑의 이야기는 나름의 완벽한 플롯 구조를 지닌다. 누구나 사는 동안에 한 번 잊지 못할 사람을 만나며, 그중에 많은 사람들이 그 사람과 죽어도 잊지 못할 사랑을 써내려간다. 밤을 하얗게 새우고 이야기해도 끝나지 않을 러브 스토리.

그런데 해피엔딩으로 끝나든 새드엔딩으로 끝나든 저마다의 러브 스토리에는 가장 찬란하고 가슴 벅찬 때가 공통적으로 존재한다. 러브 스토리의 주인공들이 가리키는 감격의 그날은, 그들이 첫 번째 장애를 극복하고 마침내 연인이 되었다고 선언하는 지점이다. 그 지점에서 그들은 자신들만의 달콤한 의식을 치른다. 연인이 되었음을 증명하는 첫 키스.

그대의 입술은야 그대의 입술은야
한 떨기 아편 꽃
한 번만 취해노면 영원히 그 속을 헤매는
멀쩡할 손 협잡꾼이에요
그날을 잊지 말아줘요
잊으리가 있으리오마는
당신이나 날 잊지 말아줘요
첫사랑 취한 가슴 안고 헤매든
그 시절이 가물가물 새로워집니다

어쩌면 인생은 둘로 나뉠지도 모른다. 키스의 달콤함을 알기 전과 알게 된 후로. 그렇다, 첫 키스는 난생 처음 경험하는 짜릿함이다. 아직은 멀리서 그 존재만 보아도 가슴이 두근거리는 사이, 아직은 손등만 살짝

스치더라도 숨소리만 느껴져도 가슴이 터져버릴 것 같은 사이, 아직은 헤어지는 게 너무 아쉬워 뒤를 돌아보고 또 돌아보는 사이. 아직은 그런 애틋한 만남의 사이인데, 입술까지 처음으로 만나게 됐으니 그 짜릿함을 어떤 말로 표현할 수 있겠는가.

도대체 알 수가 없다. 어떤 마법을 부렸길래 그 입술은 그토록 달콤한 것인지. 도저히 헤어 나올 수가 없다. 구스타프 클림트의 작품 〈키스〉의 여인처럼 눈을 감은 채 황홀함 속을 한정 없이 헤매게 된다. 몽롱하다. 그런데 온몸을 나른하게 만드는 이 몽롱함은 시간이 흐를수록 선명하게 되살아난다. 버스에 앉아 창밖을 내다봐도 생각나며, 집에 가서 누워 천정을 바라봐도 생각난다. 잊히지 않는다.

연인들은 그 기억을 잊지 말자고 맹약한다. 그날을 잊지 말아달라고 당부하면, 당신이나 잊지 말라고 다시 당부한다. 연인들도 이미 알고 있나 보다. 러브 스토리의 '삼세번의 법칙'을. 허구 밖 실제의 사랑에 있어서도 연인의 관계에 금을 가게 할 크고 작은 갈등의 순간이 분명 오게 돼있음을 알고 있나 보다.

그러하니 자신들의 러브 스토리의 끝을 해피엔딩으로 장식하고 싶다면, 무엇보다 '감격의 그날'을 더욱 감격적으로 만드는 일이 우선일 것이다. 다시 말해 첫 키스의 추억을 날카롭고 황홀하게 새기는 일이 우선일 것이다. 그래야 한 떨기 아편 꽃에 취한 듯 그 생각만으로도 온몸에 전율이 올 것 아니겠는가. 그래야 언젠가 러브 스토리를 훼방 놓는 장애가 찾아와도 그날의 추억을 살며시 꺼내 마음을 토닥이며 훼방꾼을 멀리 쫓아버릴 것 아니겠는가.

연인들의 가장 찬란한 사랑을 상징하는 표식 첫 키스. 자, 지금 사귀는 연인과 아주 오래오래 사랑을 이어가고 싶다면, 이 아름답고 놀라운 경이에 탐닉하고 볼 일이다. 정성스럽고 또 아주 정성스럽게! 깊고 또 아주 깊게!

〈감격의 그날〉

박영호 작사, 김송규 작곡, 김해송 · 이난영 노래

1937년 발표된 재즈풍의 듀엣곡이다.

이 노래에서 함께 입을 맞춘 김해송과 이난영은 이듬해 노래 밖에서도 입을 맞추는 부부 사이가 된다. 김해송의 본명은 김송규. 이 노래의 작곡자이기도 하다. 이들은 가수와 가수로서, 작곡가와 가수로서 수많은 작업을 함께 해왔는데, 그 인연이 부부 사이로까지 이어졌다.

이들 부부의 2세도 가수로 활동했다. 아시아 최초로 미국 라스베이거스에 진출해 국제적인 가수로 활동한 '김시스터즈'와 '김보이스'가 바로 그들이다. 이난영의 오빠는 작곡가 이봉룡이다. 그러니까 이들 가족은 1세대 '딴따라' 집안이라 할 수 있는 셈이다.

*

내 사랑 한강 물에 두고 가오니
천만년 한강 물에 흘러 살리라

〈봉자의 노래〉

한강 깊은 물속에 님 뒤를 따르니
천만년 영원히 그 품에 안아주

〈병운의 노래〉

이승에서 못 이룬 사랑, 꼭 이루길…

비련

〈트리스탄과 이졸데〉. 바그너의 악곡으로 잘 알려져 있지만, 그 기원은 중세 유럽의 연애담으로 거슬러 올라간다. 대강의 줄거리는 이러하다.

트리스탄은 유럽 어느 지역의 왕인 백부 밑에서 용맹한 젊은 기사로 성장한다. 그는 아일랜드에서 용을 물리치고 백부의 아내가 될 절세미인 이졸데를 데리고 개선한다. 하지만 시녀의 실수로 백부와 이졸데가 마셔야 할 사랑의 음료를 둘이 마시고 만다. 이를 마신 자는 상대를 사랑할 수밖에 없다. 그래서 이졸데는

왕비가 되었지만 트리스탄을 계속하여 몰래 만나 사랑을 나눈다.

밀회는 오래가지 못한다. 발각된 두 사람은 처형을 피하여 깊은 숲속으로 도망치나, 결국 이졸데는 궁정으로 돌아오고 트리스탄은 추방된다. 트리스탄은 이졸데를 좀처럼 잊을 수 없어 병상에 눕는다. 죽음을 예감한 트리스탄은 이졸데를 마지막으로 보기를 갈망하며 심부름꾼을 보낸다. 이졸데가 소식을 듣고 달려오지만, 트리스탄은 그 전에 숨을 거두고 만다. 그리고 상심한 이졸데마저 그의 시체에 엎드린 채 세상을 등진다.

불륜의 사랑. 이 이야기를 악극으로 만든 바그너 역시 불륜의 사랑에 깊이 빠졌었다고 한다. 남편이 있는 유부녀와 금지된 사랑에 탐닉했던 것이다. 자신의 처지를 이 악극에 그대로 투영했는지 바그너의 〈트리스탄과 이졸데〉에는 억제할 수 없는 관능과 너무나도 육감적인 선율이 가득하다고 평가받는다.

요즘이야 심심치 않은 일이 돼버렸지만 해방 전만

하더라도 이런 불륜의 사랑은 서양의 전유물처럼 여겨졌다. 그 시대 우리의 정서로는, 결혼한 남자 혹은 여자와의 사랑은 납득될 수도 용납될 수도 없었다. 그런데 그 납득될 수 없는, 용납될 수 없는 금지된 사랑이 실제로 일어나 커다란 화제가 되었다.

"녹주홍등綠酒紅燈의 그늘에 숨어 비밀통신하던 여투사, 중대비밀 품고 한강 투신"

1933년 9월 28일 동아일보의 기사 제목이다. 이 기사는 종로 '엔젤 까페'의 스타 김봉자가 26일 늦은 밤 한강에서 투신자살했다고 전한다. 까페에서 같이 일하다 상해로 떠난 국제공산당의 일원 김일선과 암암리에 접촉을 계속 해왔는데, 경찰에서 그 혐의를 찾고 조사를 시작하자 비밀을 누설하지 않기 위해 죽음을 택했다는 것이다.

그런데 다음 날 동아일보에 이 같은 기사가 다시 게재된다.

"애상의 한강파漢江波에 청년의사 투신, 자살한 김봉자를 따라간다고 처자에게 유서 두고"

청년의사의 이름은 노병운. 그는 경성제대 의학부 출신으로 처자식까지 두고 있었다. 그러니까 김봉자와는 불륜의 사이였던 것이다. 김봉자의 죽음을 국제공산당과 연관 지었던 동아일보의 기사는 오보임이 밝혀졌고, 이후 두 사람의 정사 사건은 장안의 더 큰 화제가 되었다. 그리고 이 유명한 사건은 이듬해에 노래로도 만들어졌다.

> 살아서 당신 아내 못 될 것이면
> 죽어서 당신 아내 되어지리다
> 내 사랑 한강 물에 두고 가오니
> 천만년 한강 물에 흘러 살리다

1930년대 식민지 조선의 〈트리스탄과 이졸데〉. 실제로 김봉자와 노병운은 자신들 이름의 이니셜로 죽음의 공식까지 만들어놨었다고 한다. "RK-K=死, RK-R=死". 둘 가운데 한 명이 없다면, 그것은 곧 죽음이라는 맹약을 해놓았던 것이다.

그리고 그 맹약은 지켜졌다.

그대를 위하여서 피까지 주었거든
피보다도 더 붉은 우리의 사랑
한강 깊은 물속에 님 뒤를 따르니
천만년 영원히 그 품에 안아 주

봉자와 병운, 두 사람은 지금 한강 깊은 물속에서 피보다 더 붉은 사랑을 나누고 있을까? 둘만의 맹약대로 천만년 불멸의 사랑을 나누고 있을까? 이승에서 못 이룬 비련의 사랑. 그곳에서는 꼭 이루었으면 좋겠다는 바람을 붉은 석양이 바스러지는 한강 물 위로 띄워 보낸다.

〈봉자의 노래〉〈병운의 노래〉

유도순 작사, 이명상 작곡, 채규엽 노래/
김동진 작사, 고가 마사오 작곡, 채규엽 노래

"조선의 부인이여, 생활에 충실합시다. 현재에 처하고 있는 내 형편을 생각하고 그곳으로부터 새살림을 준비합시다."

김봉자와 노병운의 죽음을 다룬 1933년 9월 30일 자 동아일보 6면에 실린 한 칼럼의 제목이다. 이 칼럼은 김과 노의 정사 사건의 원인을 여성의 생활의 불충실로 규정짓는다. 어처구니없다. 김봉자는 혼자이고 노병운은 처자식이 있는 상황이었으니, 칼럼의 제목은 "조선의 남편이여, 생활에 충실합시다."가 당연히 옳았을 텐데 말이다. 그 시절의 젠더 무감성을 보여주는 대목이다.

아무튼 조선을 떠들썩하게 만든 이 정사 사건은 대중가요로 만들어져 당시 이룰 수 없는 사랑을 나누는 수많은 커플의 심금을 울렸다. 작사자와 작곡자는 달랐지만 노래는 두 곡 모두 최고의 인기가수 채규엽이 불렀다.

✷

춤이나 추잖다 사랑의 탭댄스
이 밤이 다 새도록 춤이나 추잖다

〈청춘계급〉

너희는 계획이 다 있구나

청춘

"너는 계획이 다 있구나."

봉준호 감독 영화 〈기생충〉에서 아버지 역을 맡은 송강호가 아들 역을 맡은 최우식을 기특해하며 건네는 한 마디다.

그 계획이 옳고 그름을 따져봐야겠지만 이 시대를 살아가는 청춘에게 어떤 계획이 있다는 건 일견 대견한 일이 아닐 수 없다. 이 시대의 청춘들이 아주 조그마한 계획이라도 세울 수 있는 토양을 이 시대의 나이 먹은 자들이 전혀 마련해놓지 못한 탓이다.

청춘 예찬! 기성의 권력은 흔히 젊음의 시기를 이렇게 빗댄다. 아무리 아름답다고 찬양해도 부족함이 없는 시기가 바로 청춘 시대라는 것이다. 그러나 그들은 알까? 이 네 음절이 품고 있는 함의가 정작 청춘들을 얼마나 곤혹스럽게 만들고 있는지를.

다자이 오사무 소설 《인간실격》의 주인공 요조. 합법성이 두려워 비합법성에 기댈 수밖에 없었던 쓸쓸하고 외로운 청춘. 이 시대의 젊은이들 또한 요조와 같은 두려움을 안고 청춘의 시기를 아슬아슬하게 넘어가고 있는지도 모른다.

마주치는 하나하나가 모두 찬란하다는 이 시기에 나는 도대체 무엇을 하고 있는 거지? 무엇이든 꿈꿀 수 있고 무엇이든 할 수 있다는 이 시기에 계획 하나 없는 나는, 도대체 누구인 거지? 청춘이라면 충분히 예찬 받아야 한다는 기성의 합법성이 만들어놓은 기준. 그러나 그 기준에 턱없이 모자라는 예찬 받지 못하는 나의 젊은 날. 청춘 실격!

이렇게 기성의 권력은 '예찬' 아니면 '실격'이란 이

분법으로 청춘들을 구석으로 몰아붙이고 있다. 그러나 오히려 의연한 건 젊은 청춘들이다. 기성 권력의 이런 섬뜩한 편 가름에도 나름의 즐겁고 경쾌한 방법으로 당당히 맞선다.

춤이나 추잖다 사랑의 탭댄스
이 밤이 다 새도록 춤이나 추잖다
아~ 귀여운 와팟슈
아~ 라리리리 라리리리 라랄라
샴팡을 마시며 춤이나 추잖다

그때도 마찬가지였던 것 같다. 모던 걸과 모던 보이의 혜성 같은 등장에 유교 성리학자를 비롯한 당시의 보수주의자들은 말세라 한탄했고, 자칭 진보주의자라고 위장했던 남성 지식인들도 식민지 시대의 좌절과 두려움과 불안을 나혜석 등 일군의 모던 걸에 투사해 그들을 '못된 걸'로 치부했다.

이런 기성 권력에 대항하는 청춘들의 무기는 다름

아닌 '무관심'. 그래, 춤이나 추잖다. 이해도 못 하고 얘기도 안 되는 저들과 섞여서 무엇 하리. 이 밤이 다 새도록 춤이나 추잖다. 그러면 저들은 요즘 젊은것들은 참 마음 편하다 하겠지? 지네들은 먹고사는 일 걱정하느라 마음 편할 날 없는데 춤이나 추고 천하태평이라 하겠지? 일일이 대응할 필요 없다. '무관심'. 그래, 샴페인 마시며 춤이나 추잖다.

너무한 것 아니냐고? 이 정도도 다행인 줄 알아야 한다. 자기들의 기득권을 잃는 상처가 두려워 젊은 날을 폄훼하고 내상을 입힌 기성 권력의 잔인함을 생각하면, 이 땅의 청춘들은 그야말로 모든 걸 깡그리 뒤엎는 계급 혁명이라도 일으키고 싶은 심정일 터이다.

그러니 조심해야 한다. 괜히 나이로 계급화하려다 창피당하기 십상이다. 청춘 계급의 분노, 임계점에 다다르고 있음을 인지해야 한다. 임계점을 넘으면 무관심이 문제겠는가? 그때는 정말 계급과 계급 간의 돌이킬 수 없는 균열과 마주하게 될지도 모른다. 어떻게 피어날지 고민하는 저 청춘들의 아름다운 몸부림을 가만히 지켜보라. 그들은 다 계획이 있다. 계획이 없는 건, 어쩌면 경험을 계획으로 오인하는 기성의 권력일 것이다.

그런데 말이다, 아무리 따져 봐도 이 정의만큼은 기성 권력의 경험이 맞는 것 같기도 하다. 청춘은 비 온 뒤 무지개처럼 순식간에 사라지지만, 그 그림만큼은 아주 오래도록 각인되리라는 것. 그래서 청춘 하면 자꾸자꾸 이 시 구절이 떠오르나 보다.

"꽃이/지는 건 쉬워도/잊는 건 한참이더군/영영 한참이더군" (최영미, 〈선운사에서〉 중에서)

〈청춘계급〉

박영호 작사, 김송규 작곡, 김해송 노래

가사도 가사이거니와 재즈풍을 적용한 리듬과 멜로디가 가히 혁명적이다. 지금 들어도 어색하거나 촌스럽다는 느낌이 전혀 없다.

1935년경부터 재즈를 한국식으로 해석하여 창작했다는 천재 작곡가 김송규. 그의 곡이니 그럴 법도 하다는 생각이 든다. 노래도 김해송이라는 이름으로 그가 직접 불렀다. 모든 것이 열악했던 시절에 이런 음악성을 견지했다는 것이 경이롭다.

최근의 영화 〈라디오 데이즈〉, 〈군함도〉에도 이 노래가 흐른다. 시간을 초월하는 세련됨이 없다면 채택될 리 없었을 터이다.

홍도야 우지마라 오빠가 있다
아내의 나아갈 길을 너는 지켜라

〈홍도야 우지마라〉

이런 젠더 감성하고는…

젠더

"여자는 맑은 샘물 같아서 마시고 또 마셔줘야 합니다."

야설에 나오는 한 문장? 아니다. 수많은 독자들을 읽고 또 읽게 만든, 인류가 흠모했고 지금도 흠모하는 소설 속에 나오는 한 문장이다. 1957년 알베르 카뮈의 《이방인》에 단 한 표 차로 밀려 노벨문학상을 아쉽게 놓친 작품이 이 소설이라고 하나? 뭐 이런 기준으로 우열을 가리는 것이 의미 없겠지만, 아무튼 이 사실로만 보아도 이 소설이 얼마나 명작인지는 충분히 가늠

하고도 남을 터이다.

이 소설은 니코스 카잔차키스의 《그리스인 조르바》. 자유로움을 꿈꾸는 책벌레인 화자와 자유로움을 이미 누리고 있는 탄광 노동자인 조르바, 이들의 만남과 우정 그리고 논쟁을 통해 자유로운 영혼의 원형은 어떤 것인가를 그려낸 작품이다. 이 위대한 작품을 한낱 미미한 존재가 뭐라 할 순 없는 노릇이다. 그러나 주인공 조르바가 일정한 도덕률 틀 속에서 안온하게 살기를 거부하고 '초인'이 되고자 갈구하는 과정에선 아슬아슬한 장면을 수도 없이 마주하게 된다.

그 장면은 바로 여성에 대한 조르바의 생각과 태도.

여자는 마셔줘야 하는 것이라거나, 여자에게 기대할 수 있는 건 자식새끼를 낳아주는 것뿐이라거나, 여자를 안아주는 건 축복을 베푸는 것이라거나…. 이러한 표현은 페미니스트가 아닐지라도 정상적인 양성관계의 입장을 갖고 있는 사람이라면 당연히 불편함을 느낄 수밖에 없다. 자유로움이 지나친 탓이라 하기엔 지나친 구석이 너무 많다. "나는 아무것도 바라지 않는다. 나는 아무것도 두려워하지 않는다. 나는 자유다"라고 묘비명에서 외치고 있는 카잔차키스이지만, 지금 만약 《그리스인 조르바》를 다시 쓴다면 이러한 여성 비하적 표현을 자유롭게 쓸 수 있을까? 문득 궁금해진다.

그런데 여성 비하로 따지자면 좀 창피한 얘기지만 우리 또한 만만치 않다. 하물며 가부장적 잔재가 없어지기는커녕 여전히 주류를 차지하고 있던 해방 전 유행가에서는 이런 혐의를 찾기란 너무나도 쉽다. 괜히 엄숙해하며 성적 표현은 최대한 억누르던 시대라 관능적 여성 혐오는 적어도 시대 가치적 여성 혐오는 많다. 이를테면 여기 이 노래가 그렇다.

사랑을 팔고 사는 꽃바람 속에
너 혼자 지키려는 순정의 등불
홍도야 우지마라 오빠가 있다
아내의 나아갈 길을 너는 지켜라

이 노래가 신파극 〈사랑에 속고 돈에 울고〉와 관계된 곡이라는 것은 너무도 잘 알려진 사실. 여기서 조금만 더 줄거리를 되새겨보면 다음과 같다. 홍도라는 여인은 오빠의 학비를 대주기 위해 기생이 된다. 아니, 오빠가 공부하는데 왜 동생이 이런 희생을 해야 하지? 어찌 됐든 기구한 팔자의 홍도지만 우연한 기회에 오빠 친구와 연을 맺고 결혼까지 하게 된다. 이 결혼, 평탄치 않다. 시어머니, 시누이, 심지어 한 편이 되어 감싸줘야 할 남편까지 저편이 되어 홍도를 오해한다.

과거를 묻어두기로 했으면서 과거를 꺼내 타박하는 것. 그래, 께름칙하지만 피 섞이지 않은 그들이라면 그럴 수 있겠다. 하지만 한 핏줄을 나눈 오빠의 행태는 좀 그렇다. 자기 때문에 사랑을 파는 꽃바람의 처지가 됐으나, 그 속에서도 순정의 등불을 지키려던 동생이다. 자기 때문에 알게 된 친구와 결혼했으나, 막다른 곳으로 내몰린 동생이다. 그런데 오빠는 정작 이렇게 얘기한다.

"아내의 나갈 길을 너는 지켜라!"

이 대목에서만 보면 오빠에게 보다 중요한 건, 이유 없이 구박받는 '인간 홍도'가 아니다. 타박 맞고 집에 돌아올지 모르는 '여자 홍도'이다. 결혼하면 죽으나 사나 그쪽 사람이어야 하는데 울며불며 돌아올지 모를 '여자 홍도'가 두려운가 보다. 그래서 한편으로는 위로해주는 척하면서도 또 한편으로는 현실을 받아들이라 은근슬쩍 부추기는 것 같은 느낌마저 든다. 이것이 오빠가 생각하는 아내의 나갈 길인가?

불쌍한 홍도. 오빠 말만 듣고 그 길을 간다. 그러나 그 길에서 결국 마주한 건 뜻하지 않은 살인이다. 물론 실제 극 속에서 오빠는 야멸차지 않다. 홍도가 고난을 겪을 때마다 따뜻하게 보듬어주고 든든한 바람막이가 되어준다. 그래서 관객들은 경찰이 된 오빠가 우발적 살인을 저지른 홍도의 손에 어쩔 수 없이 수갑을 채우는 장면에서 슬픔의 눈물을 하염없이 쏟아낸다.

《그리스인 조르바》의 조르바나 〈사랑에 속고 돈에

울고〉의 오빠나 결코 나쁜 남자가 아니다. 그러나 젠더 감수성에는 너무나 무지한 남자이다. 요즘도 노래방에서 이 시대의 수많은 남자들이 〈홍도야 우지마라〉를 구성지게 부르고 있다. 그런데 이 노래를 부를 때, 이것만큼은 꼭 자각해야 할 것이다.

세상에 아내의 나갈 길은 어디에도 없다는 것을. 오로지 인간이 나갈 길만 있을 뿐이라는 것을.

〈홍도야 우지마라〉

이고범 작사, 김준영 작곡, 김영춘 노래

1939년 이명우 감독의 영화 〈사랑에 속고 돈에 울고〉의 주제가이다.

〈사랑에 속고 돈에 울고〉는 영화로 만들어지기 전, 1936년 7월 동명의 연극(희곡 임선규)으로 극단 청춘좌의 무대에 처음 올려졌다. 이후 상업연극의 중심지였던 동양극장의 최고의 인기 레퍼토리로 자리 잡으며 해방 전 최다 관객을 동원했다. 영화의 주제가는 홍도의 입장에서 남일연이 부른 〈사랑에 속고 돈에 울고〉와 오빠의 입장에서 김영춘이 부른 〈홍도야 우지마라〉 두 곡인데, 〈홍도야 우지마라〉가 훨씬 인기를 끌었다.

작사가 이고범은 이서구의 필명이다. 토월회 창립멤버이기도 한 그는 연극계, 방송계, 영화계 등에서 두루 활동했다.

✷

인생이 철길이냐
철길이 인생이냐

〈인생선〉

인생은 아름다워

평행

"인생!"

스스로의 삶을 자조할 때 내뱉는 탄식이다. 이 탄식 속에는 내 인생은 왜 이 모양이냐는 깊은 회환이 서려 있다. 그러나 나만 그렇다고 움츠러들 일 아니다. 태생 자체가 낙관적인 몇몇을 제외하고는 수많은 사람들이 지금 이 순간에도 "인생!" 하고 탄식을 내뱉고 있다. 그렇다, 거개의 사람들에게 인생이란 뜻대로만 되지 않는 험로이다.

그래서인지 인생을 고단한 '길'에 비유한 노래, 참

많다. 백년설의 〈나그네 설움〉에서는 "오늘도 걷는다마는 정처 없는 이 발길/지나온 자욱마다 눈물 고였다"라며 인생을 '설움의 길'이라 해석한다. 최희준의 〈하숙생〉에서는 "인생은 나그네 길/어디서 왔다가 어디로 가는가"라며 인생을 '모름의 길'이라 해석한다. 또 김현식의 〈이별의 종착역〉에서는 "가도 가도 끝이 없는 고달픈 이 나그네 길/비바람이 분다 눈보라가 친다/이별의 종착역"이라며 인생을 '이별의 길'이라 해석한다.

이렇듯 대중이 즐겨 부르는 노래에 있어서 인생의 '길'에 대한 해석은 저마다 다르다. 여기 인생의 '길'에 대한 또 하나의 해석이 있다.

> 똑같은 정거장이요 똑같은 철길인데
> 시름 길 웃음 길이 어이한 한 길이냐
> 인생이 철길이냐 철길이 인생이냐
> 아득한 인생선에 달이 뜬다 해가 뜬다

이 노래는 인생의 '길'을 기찻길로 비유한다. 즉, '평행의 길'이라 얘기한다. 똑같은 정거장이고 똑같은 철길인데, 이 길에는 웃음이란 빛이 있고 시름이란 어둠도 있다. 그 빛과 어둠이 하나가 되어 합合의 경지를 이루면 좋을 텐데, 그곳에 이르지 못한다. 대부분의 인생선人生線은 여전히 평행인 채로 아득한 저 멀리에 달이 뜨고 해가 뜨는 곳으로 막연히 가고 있을 뿐이다.

인생이란 이렇게 영원히 합쳐지지 않는 평행의 철길일까? 나의 안위를 위해서는 남의 불행에 안도해야 하고, 겉으로는 정의로운 척해도 속으로는 비겁한 적 수없이 많고, 윤리적이지 않은 것을 침을 튀기며 힐난하지만 때로는 비윤리적인 것을 기웃거리고, 노력에서 결과물을 찾기보다는 행운에서 결과물을 상상하고. 이런 빛과 어둠의 이율배반적인 삶이 인생이란 것일까?

이러한 질문에 데미안이 답한다.

"새는 투쟁하여 알에서 나온다. 알은 세계이다. 태

어나려는 자는 하나의 세계를 깨뜨려야 한다. 새는 신에게로 날아간다. 신의 이름은 아브라삭스이다."

인간에게는 두 가지 마음이 공존한다고 데미안은 말한다. 선한 것과 악한 것. 그런데 그 두 가지는 다른 것이 아니다. 빛이 곧 어둠이고, 아름다움이 곧 추함이며, 시작이 곧 끝이다. 이원성의 통합, 그것이 바로 아브라삭스이다. 그리고 알을 깨고 나온 자들은 그 아브라삭스를 향해 가야 한다고 데미안은 덧붙인다.

이러한 데미안의 생각에 동의한다면 겉과 속, 현실과 이상, 과정과 결과가 다르다고 "인생!"이라며 자조할 필요 없다. 평행의 기찻길, 그 이원성의 길을 가는 것이 바로 인생이라고 하지 않는가. 까마득한 소실점, 그 미지의 종착점을 향해 정처 없이 가고 또 가면, 나를 갈등하게 만들었던 극과 극이 비로소 합해지는 아브라삭스가 기다린다고 하지 않는가.

도심 곳곳에는 아직도 많은 기찻길이 남아있다. 그 평행선 위로 얼마나 많은 기차들이 오고 갔을까? 그리고 얼마나 많은 사람들이 그 기차에 몸을 싣고 인생선을 달렸을까? 용기, 슬픔, 기쁨, 이별, 재회, 도전, 결기, 결의, 약속, 희망이라는 수많은 사연이 지나갔을 길. 그래서 그 철길을 밟기가 조심스럽다. 그들의 거룩한 지난날을 흠집 내고 밟는 것 같아 철길을 뛰어넘어 맨땅을 디딘다.

지나온 철길, 아직 갈 길이 많이 남았다면 돌아볼 일 없다. 돌아봐서 무엇 하리, 후회해서 무엇 하리. 무시무시한 메두사의 얼굴을 흘낏 쳐다본 것처럼 경험해 보지도 못한 앞으로의 시간이 돌로 굳어버릴지도 모른다. 인생이 철길인가, 철길이 인생인가. 먼 훗날, 평행선이 결국 하나의 선으로 이어진 지점에 도착하는 날, 그래서 더 이상 자조할 일도 남지 않은 날, 천천히 여유롭게 인생을 돌아봐도 늦지 않다.

"자세히 보아야 예쁘다/오래 보아야 사랑스럽다/너도 그렇다"(나태주, 〈풀꽃〉).

어디 풀꽃만 그렇겠는가. 하찮은 인생선이라 생각했건만, 풀꽃처럼 살아온 지난 길을 자세히 들여다보면, 오래오래 들여다보면 참 예쁘고 사랑스러운 길이었다는 것을 새삼 느끼게 될 것이다. 너의 인생도, 나의 인생도.

〈인생선〉

김다인 작사, 이봉룡 작곡, 남인수 노래

남인수가 작사가 김다인과 호흡을 맞춘 곡이다. 그러니까 김다인을 수많은 예명 중 하나로 사용하는 조명암의 가사를 남인수가 노래한 것이다.

남인수는 음악교육을 전혀 받지 않았다고 한다. 그러나 타고난 미성과 센스로 대중으로부터 커다란 사랑을 받았다. 해방 전에 8백여 곡, 해방 후에 2백여 곡, 모두 1천여 곡이 넘는 노래를 취입했다 하니 가히 최고의 인기를 끈 가객이란 찬사가 무색하지 않다. 그 가운데서도 〈이별의 부산 정거장〉은 남인수를 상징하는 대표곡이다.

작곡은 이봉룡. 그런데 그의 처남인 김해송이 작곡했다는 설도 있다. 김해송이 북으로 넘어간 탓으로 어쩔 수 없이 남쪽에 남은 이봉룡이라는 이름으로 작곡자가 바뀌었다는 것이다. 둘 모두 기구한 인생이다.

✷

여름에 동복 입고 겨울에 하복 입고
옆으로 걸어가도 내 멋이야

〈개고기 주사〉

세상, 다 덤벼!

관계

커피 한 잔과 포털 사이트 대문에 걸려있는 볼거리의 대략적인 검색. 보통 사람들의 흔한 하루의 시작이다. 그런데 검색 과정에서 특별한 사람들의 흔하지 않은 일을 다룬 기사를 마주하게 되면 괜히 하루의 시작이 위축되고 만다.

한 유명 배우의 투자전략에 관한 기사. 유명 배우답게 유명 프랜차이즈 커피전문점이 입점한 건물만 매입한단다. 그러한 건물이 전국에 세 개나 되고, 최근에는 그 전략에서 탈피하여 다른 유명 브랜드가 입점

해있는 건물로 눈을 돌렸단다. 고급 빌라도 두 채나 보유하고 있다는 이 배우의 투자전략, 충분히 의미가 있으며 호평받을 만하다고 그 기사를 쓴 기자는 침 튀기며 극찬한다.

그래서 어쩌라고?

사람들은 모두 관계 속에 있다. 관계 속에서 경쟁하며, 인정받으려 한다. 이 같은 인정 욕구가 저렇게 탐욕적이고 저급한 기사를 쓰도록 만들었나 보다. 나도 유명 배우를 따라 하면 메인스트림에 올라설 수 있을까? 그들만의 관계에 편입할 수 있을까? 하지만 그 프랜차이즈 커피값이 부담스러워 봉지 커피로 하루를 시작하는 판에 무슨 수로 건물을 산단 말인가.

그렇다 해도 인정 욕구는 좀처럼 꺾이지 않는다. 유명 배우의 투자전략은 아니더라도 '일상 전략'을 따라 해 보기로 한다. 그가 무슨 옷을 입으며 무슨 신발을 신는지, 어떤 가방을 들고 어떤 안경을 쓰는지 꼼꼼히 체크한다. 그리고 최저가로 그것들을 구입할 수 있는 곳을 찾기 위해 또 다른 검색에 돌입한다.

명품을 소유하는 행위는 욕망의 허구적 실현이다. 유명 배우가 입는 옷을 나도 입음으로 해서 유명 배우의 삶과 나의 삶을 동격화시킨다. 다른 사람들에게는 이래 봬도 내가 이런 정도의 사람이라고 명품을 통해 과장하고 과시한다. 하지만 허무하다. 이룰 수 없는 허구적 실현이기 때문이다. 하물며 유명 배우를 포함한 그들의 삶이라는 게 부러운 일이기는 해도 본받을 일은 결코 아닌데, 아무런 노동 없이 부동산으로 치부하고 그것이 마치 능력인 양 거들먹거리는 꼴이 한편으로는 천박하기까지 한데, 그들의 세계에 끼고 싶어 그들의 욕망과 나란히 했다니! 자괴감마저 밀려온다.

하여, 천박한 욕망의 규칙에서 탈주하고자 한다. 경쟁과 인정받음으로부터의 초연함. 즉, 왜곡된 관계의 질서를 거부하고 내 나름의 질서를 새롭게 만들어보고자 하는 것이다. 그래, 네 멋대로 해라!

아, 여름에 동복 입고 겨울에 하복 입고
옆으로 걸어가도 내 멋이야

댁더러 밥 달랬소 댁더러 옷 달랬소

쓰디쓴 막걸리나마 권하여 보았건디

이래 봬도 종로에서는 개고기 주사 나 몰라

개고기 주사를

뭐야 이건… 에잉, 쳇!

그 질서를 거부하니 이렇게 편할 데가 없다. 명품은 무슨 명품, 그저 옷 한 벌이면 된다. 규칙은 무슨 규칙, 내가 걷고 싶은 대로만 걸으면 된다. 옆으로 걷건 뒤로 걷건 앞으로 걷건 뭔 상관인가. 밥을 달라했나, 옷을 달라했나. 그렇다고 막걸리 한 사발이라도 줘봤나. 아무런 거리낌 없다. 나, 자연 상태로 돌아갈래!

하지만 이 또한 옳지 않다. 누가 왜곡된 관계를 거부하라 했지, 정당한 관계를 거부하라 했나. 누가 합리적인 개성으로 돌아가라 했지, 비합리적인 고집으로 돌아가라 했나. 자연 상태는 지극히 순결한 곳이지만, 만인 대 만인의 투쟁도 있는 곳이기도 하다. 이 투쟁을 줄이기 위해 모두가 합의한 질서와 규칙은 숭고한 것이다.

그런데도 여전히 툴툴거리는 자. 자기의 기준과 경험만을 내세우는 자. "나 때는 이랬다고"를 수없이 외치며 과거를 찬미하는, 소위 요즘 말로 '라떼'족이라 하는 자. 이런 자들을 우리는 꼰대라 부른다. 꼰대는 나이를 가리지 않는다. 좌우를 가리지 않는다. 참, 피곤한 족속들이다.

"나, 종로에서는 개고기 주사로 통하는 놈이야. 어디다 대고 그래? 에잉, 쳇!"

한편으로는 이해가 된다. 경쟁에서 운 좋게 승리한 자들이 우쭐대는 꼴이 보기 싫으니 저러는 것이다. 나 또한 운이 좋았으면 너희들만큼 충분히 됐을 것이란 막연한 추측에 저러는 것이다. 한데 이것을 알아야 한다. 나를 인정하라고 과시하는 것도 천박하지만, 나를 인정하라고 고집부리는 것도 천박한 것임을 깨달아야 한다.

또 언급하거니와 사람들은 모두 관계 속에 있다. 그 관계에 동떨어져 있으면 외롭고, 그 관계가 지나치면

피곤하다. 그 관계에서는 중용과 배려만 있으면 된다. 다시 말해 자연의 순결한 이치만 따르면 된다.

가장 중요한 것은 나와의 관계이다. 나와의 경쟁이다. 나에게 부족했던 것, 나와의 경쟁에서 이겨 나에게 채워 넣으면 그 얼마나 황홀한 일인가? 뭐가 부러울 것인가? 진심을 다해 내 멋대로 했을 때, 온 지구를 향해 이렇게 당당히 도발할 수 있으리라.

"세상, 다 덤비라고 해!"

나를 사랑하지 않고는 그 누구도 사랑할 수 없다.

〈개고기 주사〉

김다인 작사, 김송규 작곡, 김해송 노래

세상과 결코 타협하지 않는 고집불통 사내를 묘사한 만요이다. '개고기 주사'는 살찐 개고기를 윗사람한테 뇌물로 바친 덕에 벼슬을 꿰찬 관리를 비아냥거리는 말이다. 그러니까 능력도 없으면서 한자리한다고 으스대는 속물을 부를 때, '개고기 주사'라 통칭하는 것이다. 이 노래는 그러한 자들이 많았던 당시의 세태를 은근히 꼬집고 있다.

가사 속에 이 같은 풍자와 해학을 담아낸 작사가는 김다인. 조명암의 예명이다.

*

까다로운 이 거리가
언제나 밝아지려 하는가

〈세기말의 노래〉

이제, 다시 시작이다

시작

모든 것은 끝을 향한다. 한 만남은 한 헤어짐을 향하며, 한 탄생은 한 죽음을 향한다. 한 일출은 한 일몰을 향하며, 한 봄은 한 겨울을 향한다. 그 끝에는 무엇이 기다리고 있는가. 물리적인 법칙처럼 명료한 결론이 기다리고 있다면 그 끝을 향한 발걸음이 이다지 어렵지 않을 것이다. 하지만 대부분의 끝은, 그 끝을 알 수 없어 두근거리고 주춤대게 한다.

세기말과 같은 도시. 이곳도 마찬가지다. 한 치 앞도 분간할 수 없고, 예측할 수 없는 미노스 왕의 미궁迷

宮과도 같다. 어둠마저 내려 길의 실마리조차 찾을 수 없는 곳. 알 수 없는 무엇이 어둠 속에 꿈틀댄다. 길바닥에 낮게 엎드려 있던 그 무엇은 어둠이 일어나자 함께 일어나 슬금슬금 다가온다. 발치께까지 존재감을 드러낸 그 무엇, 미노스 왕의 미궁 라비린토스에 갇혀 있다는, 얼굴은 황소이고 몸은 사람인 반인반수 미노타우로스인가? 두려움 반 호기심 반으로 조심스럽게 발로 툭툭 건드려보지만 꿈쩍 않는다.

끝이 오면 해답이 기다리고 있을 줄 알았다. 할리우드 영화처럼 여러 복선이 얽히고설켜 있다가도 마지막엔 모든 갈등이 일시에 풀려 감동적인 결말을 맞이하는 근사한 해피엔딩이 기다리고 있을 줄 알았다. 그러나 끝을 향할수록 물음은 더욱 커져간다. 미노타우로스를 물리친 테세우스가 미궁에서 빠져나올 수 있도록 미노스 왕의 딸이 건네준 단서, 어둠에서 밝음으로 인도할 실뭉치는 이 도시 어디에도 없다.

도저히 풀 수 없는 매듭으로 단단히 묶여있는 어둠의 미로迷路만 길게 엉켜있을 따름이다.

거미줄로 한허리를 얽고

거문고에 오르니

일만 설움 푸른 궁창 아래

궂은비만 나려라

서글퍼라 거문고야

내 사랑 거문고

까다로운 이 거리가

언제나 밝아지려 하는가

높이 올라가면 자그마한 실마리라도 찾을 수 있을까? 무게를 싣자마자 곧 끊어져 버릴 것 같지만 가늘고 연약한 마음은 가늘고 연약한 거미줄에 기대게 한다. 간신히 올라온 궁창穹蒼. 너무 푸르러 차갑고 서럽다. 일만 설움의 푸르른 눈물. 그 밑으로는 하염없이 푸르러 서러운 궁창과 달리 하염없이 궂은비가 내려 우울한 세기말과 같은 도시가 펼쳐져 있다. 높은 곳에서 바라보아도 이 도시엔 여전히 답이 없다. 실마리가 없다.

괜히 서럽다. 누가 뭐라는 사람도 없지만 이 세기말의 분위기가 그저 허무하다. 서글픔이 무겁게 내려앉은 둔중한 시대. 이 어둠의 시대는 가벼운 열두 줄의 가야금보다 무거운 여섯 줄의 거문고를 한없이 닮았다. '검은〔玄〕 고〔琴〕'라 하여, 거문고라 불리는 악기. 그 검은 현의 연주의 무게는 뜯는 것만으로도 아주 깊이 가라앉게 만든다. 그 쓸쓸한 선율이 쓸쓸한 이 거리를 휘감는다. 발치께에 있는 어둠에 싸인 그 무엇은 여전히 꿈쩍 않은 채 잔뜩 도사리고 있다.

그렇다면 난마처럼 얽히고설켜 있는 이 매듭은 결코 풀 수 없는 걸까? 이렇게 세기말과 같은 도시에서 나의 사랑, 나의 청춘, 나의 꿈은 알 수 없는 물음을 품은 채 끝나고 마는 걸까? 매듭을 푸는 자여, 그대만이 일만 설움 푸른 궁창 아래 이 까다로운 거리에서 한 줄기 빛을 찾을 수 있으리라.

언제나 그렇다. 정답은 의외인 곳에 있다. '고리우스의 매듭'. 이 매듭을 푸는 자가 아시아의 왕이 된다고 했다. 그런데 알렉산더가 그 매듭을 푼 방법은 아주 간단했다. 칼을 뽑아 그 매듭을 간단히 베어버렸다. 그게 전부였다. 그리고 그는 그리스를 넘어 페르시아, 인도에 이르는 대제국을 건설하였다.

끝을 몰라 방황하는 자여. 칼을 들어라. 까다로운 이 거리의 매듭을 풀려 하지 마라. 알렉산더의 칼이 되어 까다로운 이 거리의 매듭을 단숨에 베어버려라. 두렵다 하면 두려운 것이다. 서글프다 하면 서글픈 것이다. 끝이라 하면 끝인 것이다. 흔들리는 건 나뭇가지와 바람이 아니다. 흔들리는 건 너의 마음일 뿐이다.

엉켜있는 매듭을 베어버리자 조금씩 보이기 시작한다. 두근거리고 주춤대게 했던 끝이 서서히 보이기 시작한다. 발치께에 있던 잔뜩 도사린 그 무엇도 어둠이 걷히면서 점차 형체를 드러낸다. 아, 그것은 반인반수 미노타우로스처럼 두려운 존재가 아니었다. 그것은 다름 아닌 새로운 '시작'이었다.

그래, 끝의 다른 말은 시작이다. 세기말의 다른 말은 세기 초이다. 길이 끝나는 곳에서 길은 이렇게 다시 시작된다.

그 수많았던 푸념과 잡념과 집착은 여기 끝에서 다 베어져 버리기를. 새로 기억이 될 시간들이 저 끝에 버티고 있는 엉켜있는 시간들을 물리쳐주기를. 과거의 아픔은 모두 부서져 가루가 되어 흩날리기를. 물론 어렵겠지만 까다로운 이 거리를 지나 이제는 좀 쉬운 풀이만 있는 희망 거리로 접어들기를.

자, 이제 다시 시작이다.

〈세기말의 노래〉

박영호 작사, 김탄포 작곡, 이경설 노래

식민지 시대의 암울함을 은유적으로 노래한 곡이다.

작사는 극작가로 이름을 날리던 박영호가 맡았는데, 〈세기말의 노래〉는 그의 초창기 작품이다. 이후 그는 다양한 필명으로 120여 곡의 가사를 쓰며 1930년대 최고의 작사가로 활약했다. 작곡은 국민 가수 김정구의 친형인 김용환(김탄포는 그의 예명)이 했다. 〈세기말의 노래〉는 그의 데뷔작이기도 하다. 노래는 슬픈 연기를 잘한다 하여 '비극의 여왕'이란 별명을 가진 배우 겸 가수 이경설이 불렀다. 아이러니하게도 그녀는 스물세 살 꽃다운 나이에 비극적으로 요절했다.

〈세기말의 노래〉는 박찬욱 감독 영화 〈아가씨〉의 삽입곡으로 더욱 유명해졌다. 배우 김태리의 가녀린 음색은 세기말의 또 다른 비애미를 전해준다.

한 줄도 좋다, 옛 유행가

이 아픈 사랑의 클리셰

초판 1쇄 발행 2019년 12월 1일

지은이 조현구
발행편집 유지희
디자인 송윤형
제작 제이오

펴낸곳 테오리아
출판등록 2013년 6월 28일 제25100-2015-000033호
주소 03784 서울특별시 서대문구 연희로 30, 405호
전화 02-3144-7827　팩스 0303-3444-7827
전자우편 theoriabooks@gmail.com

ISBN 979-11-87789-26-0　03810

• 이 도서의 국립중앙도서관 출판예정도서목록(CIP)은 서지정보유통지원시스템 홈페이지(http://seoji.nl.go.kr)와 국가자료공동목록시스템(http://www.nl.go.kr/kolisnet)에서 이용하실 수 있습니다. (CIP제어번호:CIP2019044581)